長編小説

なまめき未亡人銭湯

橘 真児

竹書房文庫

目次

※この作品は竹書房文庫のために
書き下ろされたものです。

第一章　未亡人、裸の悪戯《いたずら》

1

若いときの苦労は買ってでもせよと、昔のひとは言ったらしい。艱難辛苦《かんなんしんく》汝《なんじ》を玉《たま》にすとも言うように、困難に直面した人間が成長する部分は確かにあるだろう。

しかし、できることなら平穏無事な日々を過ごしたいのが人情だ。

（これがおれの新しい住処《すみか》か……）

六畳一間の寂れた部屋を眺め、宮原典夫《みやはらのりお》はため息をついた。

二十歳の大学三年生。これから就活や、卒業論文に向けて忙しくなるというこの時期に、まさか引っ越しをする羽目になるなんて。しかも、前のアパートより、格段にグレードダウンしたところに。この部屋には申し訳程度の流し台とガス台があるのみで、風呂なしの上にトイレも共同である。

こうなったのは、不況と円安で父親の工場が左前になり、仕送りを大幅に減らされたからだ。一時は大学を辞めて田舎《いなか》に帰ってほしいとも言われたが、どうにか許してもらえたのは不幸中の幸いと言えよう。

けれど、卒業まで持ちこたえるには、生活レベルを大幅に下げる必要があった。

大学の近くに借りていたアパートを出る前に、典夫はとにかく家賃が安いところを探した。結果、どうにか徒歩で通えるところに、この部屋を見つけられた。

場所は隅田川と荒川に挟まれた地域、所謂《いわゆる》下町と呼ばれるところだ。近代的な建物と、古くからあるビルや商店、民家などが混在しており、雑多な印象を受ける街である。

都会の真ん中なのに都会らしくない。どこか懐かしい雰囲気すらあって、地方出身の典夫は親しみを抱いた。築五十年超えの、昭和の味を色濃く残すアパートも、むしろこの街にはお似合いだ。

さりとて風呂がないとなると、銭湯を探さねばならない。

日曜日に引っ越しを終え、典夫はさっそく付近の探索を始めた。コンビニにスーパー、病院や薬局、その他公共施設などの場所を把握しておく必要があるからだ。

すでに日が暮れており、街灯に照らされた道を歩く。

アパートの近辺は、それこそ昭和の頃から残っているような古い家が多い。車一台もやっとというような狭い路地に、レトロな趣《おもむき》を並べていた。中にはひとが住んでいるのか怪しいような、廃墟に近い住宅もある。

ただ、数分歩けば広い道路に出て、景色が一変する。そちらは新しい住宅やビルが建ち並び、過去と現在がごった煮という感じだ。

昔からの通りには、シャッターを閉じた元商店も目についた。これは典夫の郷里も同じである。東京も地方も変わらないんだなと、この国の行く末をちょっぴり憂《うれ》う。

しばらく歩いていると、軒先に品物を並べる昔ながらの商店が固まっていた。八百屋に果物屋、それから肉屋と乾物屋。野菜や肉がけっこう安かった。

これなら食材の調達には困らないと喜んだものの、あの六畳一間で本格的な料理は不可能だ。インスタントラーメンや目玉焼きが関の山で、結局はスーパーやコンビニで出来合のものを買って帰ることになるだろう。

とにかく、ここらは路地がけっこう入り組んでいる。出かけるにしても足があったほうがよさそうだ。中古でいいから自転車を買おうかと考えていたとき、「湯」という文字が視界に入った。

（え？）

見れば、いかにも昔ながらの銭湯という、古民家を思わせる建物があった。古くても堂々とした佇《たたず》まい。正面の軒下にかかった暖簾《のれん》には、「ひびき湯」と白文字で抜かれている。建物ほど古く見えないから、近年に替えられたものだろう。

求めていた銭湯を見つけられ、胸がはずむ。下町に相応《ふさわ》しい前時代的な外観にも心惹《ひ》かれた。

さらに、願ってもない知らせも目にしたのである。

入り口の磨りガラスの引き戸にあった、手書きの張り紙。そこには「アルバイト急募」とあり、時給などの待遇も簡潔に記載されていた。

住まいを移るのと同時に、アルバイトも探さねばと思っていた。仕送りを減らされたぶん、きっちり稼がねばならないからだ。

正直、時給は高くなかった。だが、銭湯のアルバイトなら、風呂に入らせてもらえるのではないか。銭湯代だって馬鹿にならないし、そのぶんが浮くのならかえってお得かもしれない。

さすがに待遇のところには、風呂入り放題とは書かれていなかった。それでも、営業後に入浴させてもらっても罰は当たるまい。

アパートからも近いし、一石二鳥のバイトだとほくそ笑み、典夫はさっそく引き戸を開けた。やはり年代物ゆえに重く、軋《きし》みをたてるものを。

入ってすぐがコンクリートの土間で、左右に下足箱がある。居酒屋などにある、木の札を鍵《かぎ》に使うタイプのものだ。右側に「男」、左側に「女」と筆文字で書かれた表示があり、そこから男女別になっているようだ。

とりあえず靴を脱ぎ、空いていた下足箱に入れる。あがってすぐ正面に、受付らしきカウンターがあった。その両側に、こちらも男と女の文字が書かれた、色違いの暖簾が下がっている。

昔のドラマで見た銭湯は、男湯と女湯の境に番台があり、そこでお金を払うようになっていた。今はそういうものがなくなったらしい。カウンターの端には券売機があり、必要なチケットを買って入場するようだ。

外観はいにしえのままでも、システムはきっちり近代化されているのか。そう言えば、これも昔の映像で見た、でかい煙突もなかった。焚《た》き方や燃料も変わっているのだろう。

（ていうか、誰もいないのかな？）

カウンターは無人である。見ると、釣り銭を渡すのに使う平べったい皿があり、

【チケットをここに出して入場してください】

と、綺麗な字で書かれた紙がカウンターの上に貼ってあった。お金を払わずに入る不埒《ふらち》な者はいないと、客を信頼しているようだ。

こういう場所の銭湯なら、訪れるのはご近所の常連ばかりだろう。不正がバレて出禁でも喰らったら、困るのは本人なのである。

ただ、こうしてカウンターを無人にしているのだから、間違いなく人手不足と見える。アルバイトを急募しているのも納得できた。

これならすぐに雇ってもらえるのではないか。都合のいいことを考えたとき、カウンターの奥にあった小さなドアが開く。そこから屈んだ姿勢で現れたのは、女性だった。

「あら、いらっしゃいませ」

客だと思ったか、典夫を見て声をかける。いえ、アルバイトの件でと説明しようとし、何も言えなくなったのは、ひと目で彼女に心を奪われたからだ。

トレーナーとジーンズの上に簡素なエプロンを着けた、おしゃれとはほど遠い装《よそお》い。ほぼすっぴんのようだし、奥で仕事でもしていたのか、清楚な黒髪を首の後ろで束ねていた。

そういう地味な身なりにもかかわらず惹かれたのは、黒い瞳と愛らしい笑顔が印象的な彼女が、あるひとに似ていたからである。

（先輩——）

忘れ難い異性の面差しが、脳裏に蘇《よみがえ》る。

高校時代、典夫は剣道部に所属していた。典型的な文系人間で、運動は苦手だったにもかかわらず。

理由はただひとつ、ひと目惚《ぼ》れだ。

生徒会主催の部活動説明会のとき、ステージ上に上がった剣道部員の中に、女子部員がひとりだけいた。それが一年上の小竹真理恵《こたけまりえ》だった。

最初は、全員面をつけていたため、女子がいたとはわからなかったのである。ただ、やけに甲高《かんだか》い気合いが聞こえていた。

簡単な手合わせを披露したあと、全員が横一列に並んで面をはずす。一番端っこにいた彼女に、典夫はひと目で恋に落ちた。汗の光る美貌が神々《こうごう》しいまでに眩《まぶ》しくて、それこそ女神のごとく映ったのだ。

真理恵は、女子は自分ひとりだけなので、どうか女の子も入部してくださいと、よく通る声で訴えた。そんな彼女に憧れたのだろうか、その年の新入部員は、男女が同数だった。

もちろん典夫も、真理恵目当てで入部したクチだ。

一日も休まず部活に参加したのは、運動が不得手だったからだ。誰よりも頑張らないと、ついていけないと思ったのである。

そういう熱心さが伝わったか、真理恵に声をかけられたり、稽古をつけてもらえたりする機会がけっこうあった。彼女の間近で、甘酸っぱい汗の匂いを嗅ぐときが、典夫にとって最高に幸せな時間であった。

しかしながら、もとが文系のへたれ人間である。いくら好きでも、麗《うるわ》しの先輩に告白などできるはずがない。片想いのまま真理恵は卒業し、典夫の青春は終わった。

そして、大学生になった今も、高校時代と変わらない日々を送っている。

いいなあと思う女の子がいても、声すらかけられない。離れたところから指を咥《くわ》えて見つめるのみ。未だに彼女はおらず、キスすら経験のない童貞なのだ。

それはともかく、

「真理恵先輩？」

銭湯で対面した美女に、思わず声をかける。顔立ちが似ていたのに加え、無造作に束ねた黒髪が、部活のときの先輩を思い起こさせたのである。

「え？　わたし、小百合《さゆり》ですけど」

戸惑った面持ちで返されて、他人の空似であったことに気がつく。

よくよく確認すれば、全体的な雰囲気が似通っているだけで、最初に感じたほどそっくりではない。片想いで終わった恋を悔やむあまり、誰彼かまわず真理恵だと思ってしまったのだろうか。

（そこまで引きずっていたっていうのかよ……）

我ながら未練がましいとあきれつつ、

「す、すみません。ひと違いでした」

典夫は恐縮して頭を下げた。

「いいえ。よくあることですわ」

小百合と名乗った女性は、笑顔で許してくれた。前にも誰かと間違えられたわけではなく、一般的な事柄として述べたのだろう。

「ところで、入浴でしたらそちらの券売機で――」

お客だと思って案内してくれたのを、典夫は「ああ、違うんです」と遮った。

「表にアルバイト募集の貼り紙があったので、それで」

皆まで言わないうちに、美女の表情が明るく輝く。

「まあ、そうだったんですか。よかった」

手放しで喜んでくれたところを見ると、余っ程なり手がいなかったのか。

「前の方が辞められて困ってたんです。あ、わたし、ひびき湯の経営者で、響《ひびき》小百合と申します」

カウンター越しに右手を差し出され、うろたえる。握手を求められたとすぐにわかったが、中学校でのレクリエーションのダンス以外で、女の子の手を握ったことがなかったのだ。

それでも、応じないのは失礼である。

「ど、どうも。宮原典夫です」

恐縮しつつ名乗り、握手をする。

(これが女のひとの手なのか……)

柔らかで、しかも温かい。

初めてと言っていいぐらいの、異性とのスキンシップだ。ただの握手なのに気持ちよくて、官能的ですらある。おかげで離したくなくなり、手に力を込めてしまった。

「あの……」

困惑を浮かべられて我に返る。

「あ、す、すみません」

焦って手を引っ込めると、小百合は幸いにも笑顔を見せてくれた。

「それじゃ、とりあえず案内しますね。こちらへどうぞ」

彼女がカウンターの下をくぐって出てくる。てっきり銭湯の中を見せてもらえるのかと思えば、暖簾の掛かった出入り口とは別に、関係者以外立入禁止のドアがあった。そちらへ招かれる。

（まあ、中にお客さんがいたら無理か）

小百合が男湯に入るのはまずいだろうし、女湯は典夫が入れない。

ドアの向こうは板張りの通路で、ふたりが横に並ぶには狭い。典夫は自然と彼女の後ろを歩くことになった。

視線が下半身へ向けられる。女らしく充実した腰回りや、太腿《ふともも》が魅力的だったからである。特に、ジーンズがはち切れそうなヒップの見事なこと。

（……いいおしりだな）

着衣なのにここまで色気が感じられるのだから、けっこう年上なのだろうか。ひとつ上の先輩と勘違いしたぐらいに、顔立ちや肌の感じは若々しいけれど。

（二十六、七——いや、もっと上か）

女を知らない哀しさか、見た目で年齢を特定できない。まあ、童貞でなければ可能だとは限らないが。

そもそもセックスの経験云々《うんぬん》の前に、異性とのコミュニケーションが圧倒的に少ないのだ。小百合とのやりとりも目を逸《そ》らしがちだったし、そんなことで何歳かなんてわかるはずがない。

そのくせ、目が届かないのをいいことに、たわわな丸みをガン見している。ジーンズはソフトタイプなのか、ぷりぷりとはずむのがエロチックだ。

(何をやってるんだよ、おれは)

自己嫌悪に陥《おちい》りかけたとき、

「ここがボイラー室です」

小百合が振り返る。見ると、脇に頑丈そうな鉄製のドアがあった。立入禁止の表示があり、中から機械の低い唸りが聞こえる。

「お湯を沸かすところですよね？」

「ええ。ただ、アルバイトの方が、ここで仕事をされることはありません。操作はわたしがしますし、点検は専門の方が来てくださいますから」

前に住んでいたアパートの温水器ですら、調子が悪くなったときに自分では直せなかったのである。銭湯で使われるのはさらに大きな機械なのだろうし、動かなくなったら死活問題だ。専門家が定期的にチェックする必要があるのは、何となく想像がついた。

突き当たりのドアを開けると、車が三台ほど停められそうなスペースの向こうに道路が走っている。そこは銭湯の裏手のようだ。ボイラーの外側にあたる場所には、庇《ひさし》の下に燃料タンクらしきものがあった。

昔の風呂を沸かす燃料は、薪《まき》や石炭だと聞いたことがある。スペースが空いているのは、それらを置くための場所だったのではないか。今は後ろの道路から、燃料をタンクに補給しているのだろう。

「燃料は何を使っているんですか？」

「重油です。A重油って呼ばれている種類のものですけど」

説明されても、身近なものではないので、典夫はよくわからなかった。

「今はガスを使う銭湯のほうが多いんです。どっちにしろ、燃料費がけっこうかかるんですよ」

他にも水道代やら電気代、備品にもお金が必要だろう。素人《しろうと》考えでも、経営はかなり大変そうだ。まして現在は、各家庭に風呂があるのが当たり前で、お客も減るばかりであろうし。

(だから時給も安いのか)

しかし、たとえもらえるものが少なくても、絶対にここでアルバイトをしようと決めていた。小百合に惹かれていたからである。

(こんなに若いのに銭湯を経営してるってことは、ここが実家なのかな)

家業を継いだのなら、婿養子も募集しているかもしれない。

だったら自分が、彼女と一緒に銭湯をやってもいい。まだ学生で、卒業も先の話だというのに、先走ったことを考える。

「これを履いてください」

小百合がサンダルを貸してくれる。どこに行くのかと思えば、出てすぐ右側のところに、小さな平屋建ての家があった。かなり古い感じで、表札に「響」と書かれているから、彼女の住まいらしい。

(え、ここで何を?)

疑問を抱くと同時に、胸が高鳴る。玄関のドアを開けても、他に家族のいる様子がなく、ふたりっきりだとわかったからだ。

もちろん、アルバイトについて説明するのだと理解できる。だが、好意を持った女性から家に招かれたのだ。落ち着いていられるはずがない。こういうのは初めての経験だった。

「さ、上がってくださいな」

少しも警戒していない様子の小百合に、典夫は胸の痛みを覚えた。アルバイトをしたいと飛び込みで訪れた若い男を、彼女は全面的に信頼しているのである。なのに、妄想にも等しい期待を抱くなんて。

そうやって妙なことばかり考えるから、未だに彼女ができないのだ。ここはアルバイトを頑張って、是非とも期待に応えよう。惚れた腫れたは二の次だ。

「おじゃまいたします」

手狭な土間で靴を脱ぐ。上がってすぐ脇が台所で、小さな食卓もあった。椅子はふたつ。

(誰かと一緒に住んでるのかな)

まさか男なのか。考えて不安になる。

「こちらへどうぞ」

正面の和室へと誘われる。四畳半のそこは茶の間らしい。茶箪笥《ちゃだんす》があり、卓袱台《ちゃぶだい》も置いてあった。襖《ふすま》が閉じられていたが、隣にもうひと部屋あるようだ。

(独り暮らしみたいだな)

室内にはものがあまりなく、小百合の身なりそのままにシンプルな眺めだ。同居人がいれば、それっぽい痕跡があるだろう。

「ここに坐ってください」

座布団を出され、典夫は卓袱台を前に正座した。すると、小百合が茶簞笥の下の引き出しからノートを取り出す。

つられて視線をそちらに向けたとき、ガラス扉の内側に写真が飾られているのに気がついた。

(あ――)

危うく声を出しそうになる。それは小百合と男のツーショット写真だったのだ。

(小百合さん、彼氏がいたのか……)

結婚指輪をしていないから、旦那さんではなさそうだ。そもそも夫婦で住んでいる感じはしない。

いや、ここにはものがあまりない。仕事のとき休憩に使うぐらいで、別に住まいがあるのではないか。夫婦で住むのに相応しい、広くて新しいところが。もしかしたら、子供だっているかもしれない。

想像がふくれあがり、落ち着かなくなる。

「ここに名前と住所、電話番号を書いてください」

ノートの何も書かれていないページを開き、小百合がボールペンを寄越した。

「履歴書はいらないんですか？」

確認すると、彼女が首を横に振った。

「ええ、最低限のことがわかればいいので。あ、宮原さんは学生さん？」

「はい。大学生です」

「学生証とかあります？」

「ああ、はい」

雇われるのだから、身分証を見せるのは当然である。典夫は財布から学生証を出して渡した。

「三年生なんですね。二〇〇×年生まれだから、ちょうど二十歳？」

「はい、そうです」

「じゃあ、わたしと十歳違いなのね……」

小百合がつぶやく。つまり、彼女は三十歳なのだ。どれだけ上に見ても二十七歳ぐらいだろうと思っていたから、そこまで年の差があるとわかって驚いた。

（三十歳なら、結婚して子供がいてもおかしくないか……）

さっきの推測が真実味を帯びてくる。それでいて、彼女への想いが萎《しぼ》むどころか、ぐんぐん大きくなるようなのだ。

恋愛は、障害があるとかえって燃えるなんて話を聞いたことがある。ずっと片想いをしてきた自分にも、それが当てはまるというのか。

「わたしの弟よりも若いから、一気に年を取った気がしますね」

小百合が冗談めかす。そんなことはありません、とてもお若く見えますと、女性に慣れた男ならさらりと告げるところだろう。

しかしながら、典夫にそんな芸当は無理である。

（あれ、待てよ）

あることに気がついて、希望が頭をもたげた。

「弟さんって、この方ですか？」

茶簞笥の写真を見て訊ねる。彼氏か夫だと思ったのは、早合点かもしれない。

しかし、返ってきた答えは、期待と真逆であった。

「いいえ。それは主人です」

望みが絶たれ、奈落に突き落とされる気分を味わう。やはり結婚していたのだ。

「そうなんですか……」

典夫はがっかりした。ひびき湯でアルバイトをしたい気持ちに変わりはなかったものの、意欲はかなり減退していた。次の彼女の告白を聞くまでは。

「まあ、ここにはいないんですけど」

小百合がやるせなさげに言う。

「え、いないって？」

「亡くなったんです。もう二年になるかしら」

寂しげな微笑に、何も言えなくなる。今はひとりだとわかっても、手放しで喜べるはずがない。

（小百合さん、未亡人だったのか——）

2

典夫がノートに住所などを書くあいだに、小百合が自らのことを話してくれた。

それによると、ひびき湯は亡き夫の実家が経営していた銭湯だという。利用者が右肩下がりだし、もはや銭湯は役目を終えたからと、廃業する方向で話が進んでいたらしい。五年前、小百合が結婚して間もなくのことだったそうだ。

それに反対したのが、息子である彼女の夫だった。ひびき湯を愛してくれる地元のひとびとのためにも、是非とも続けるべきだと主張した。

だが、彼は独立し、会社勤めをしていた。サラリーマンと銭湯経営の、二足のわらじは困難である。また、銭湯だけで食べていくには心許ない。

家業を大切にしたいという夫の考えに賛同した小百合は、だったら自分が銭湯をやりますと手を挙げた。義実家はすんなり許してくれたものの、一切協力はしないと宣言された。

かくして、夫も休日には手伝うなどして、ひびき湯は続けられた。

小百合たち夫婦は、お客が増えるよう工夫と努力を怠《おこた》らなかった。古い設備を新しくし、浴場内にサウナも増設した。

銭湯は日常生活に必要な施設であるが、そればかりではない。大きな風呂で手足をのばし、他のお客と交流するなど、娯楽や憩《いこ》いの場の側面もある。

その点を広くアピールし、内風呂がある家の地元民にも、銭湯に目を向けさせた。ここらは下町ゆえ、銭湯は他にも残っていたから、同業者と協力してスタンプラリーを行うなど、催し物も企画した。

また、荒川と隅田川に挟まれた地の利も生かした。特に休日には、川沿いのコースでランニングをする者も多いのだ。普段よりも早く営業を始め、走ったあとに銭湯でさっぱりしようと、ランナーたちを呼び寄せた。他に、地元の小学生たちを招き、公衆浴場のマナーを学ぶ機会を設けるなどした。

営業努力の甲斐あって、ひびき湯のお客は少しずつ増えていった。

最初の頃は、小百合は当時大学生だった弟に手伝ってもらっていた。そのうちアルバイトを雇う余裕もできて、ひびき湯の経営は軌道に乗ってきたのである。

夫が不慮の事故で亡くなったのは、そんな矢先のことだった。

「じゃあ、そのあとはおひとりで？」

訊ねると、小百合が「ええ」とうなずいた。

「義実家から協力できないと、最初に言われましたから。でも、ここをわたしの名義にしてもらえましたので、それだけで充分なんです」

彼女が吹っ切るように言う。だが、夫の死や、その後の苦労など、つらいことを思い出させてしまったかもしれない。典夫は胸が痛んだ。

「この家も、もともと銭湯の従業員が寝泊まりするためのもので、前は休憩用に使っていたんです。ひとりになったし、仕事をするにも都合がいいので、引っ越しました」

以前は別のところに住まいがあり、ここへは通っていたらしい。ふたりで暮らしていた場所にいると、夫のことを思い出してつらいから引き払ったのか。また、家賃を倹約するためもあるのだろう。

「そうだったんですか」

「古いけど、奥にもうひと部屋あるし、ひとりだと広すぎるぐらいですけど」

明るい笑顔もどこか痛々しく、典夫は目を伏せた。「これでいいですか」と、ノートを小百合に見せる。

「ええ、ありがとう」

彼女は住所を確認し、「けっこう近所なんですね」と、嬉しそうに言った。

「はい。こっちに越してきたばかりで、散歩の途中でアルバイト募集の貼り紙を見つけたんです。今のアパートは風呂がないので、ついでに銭湯も探してたんですけど」

「そうなんですか。だったら、ウチでお風呂を使ってください」

できればそうさせてもらいたかったのである。こちらからお願いする前に勧めてもらい、典夫は「ありがとうございます」と礼を述べた。

「それで時給なんですけど」

小百合が申し訳なさそうに、都の最低賃金とほぼ同額を提示する。しかし、貼り紙ですでにわかっていたのだ。

「はい、充分です。よろしくお願いします」

頭を下げると、彼女が安堵の笑みを浮かべた。

結婚していたと知ったときは、確かにショックを受けた。だが、それでもアルバイトを諦めなかったのは、風呂が目的ではない。小百合と一緒にいたいからである。

最初に先輩かと勘違いしたのは確かでも、好きだったひとの身代わりにするつもりはない。今は彼女自身に惹かれていたし、十歳年上なのも気にならなかった。

正直、未亡人だと知って安堵したのは事実である。けれど、そんな自分を典夫はすぐに恥じた。

愛するひとを失い、小百合はひどく悲しんだに違いない。今はなんでもないように振る舞っていても、胸の内には去来する思いや痛みがあるはずだ。

できればそれを癒《い》やしてあげたい。

続いて、典夫は仕事内容の説明を受けた。やることは大きく分けてふたつ。接客と、終業後の浴場や脱衣所の掃除である。

「宮原さん、アルバイトの経験は？」

「ええと、コンビニで一年ぐらい」

「じゃあ、接客は慣れてますね。ウチの営業時間は、午後の三時から十時までです。ただ、土日は午後一時からで、定休日は水曜。始業前の準備や湯張りはわたしがするので、宮原さんは夕方からの接客と、終わったあとの掃除を主にお願いします」

「わかりました。あの、他にアルバイトはいないんですか」

「ええ」

「以前は弟さんが手伝ったんですよね」

「学生のときは協力してもらえましたけど、去年就職したので、さすがにもう頼めませんわ」

そうすると、弟とは年が七つか八つ離れているのか。

(おれなんてそれよりも下だから、ガキっぽく見られているのかも)

だからふたりっきりでも警戒せずに、朗らかでいられるのだろうか。

「じゃあ、前のバイトの方が辞められたあとは、小百合さんがおひとりで？」

「ええ。ひとりでもできないことはないんですけど、どうしても行き届かないところが出てきますし、緊急時の対応も難しいので」

「緊急時？」

「お客様は高齢の方が多くて、具合が悪くなるひともたまにいるんです」

そのとき、典夫のお腹がぐうと鳴る。夕食がまだだったのだ。

「す、すみません」

頬を熱くして謝ると、小百合が口許《くちもと》をほころばせた。

「いいえ、こちらこそごめんなさいね、気がつかなくて。じゃあ、宮原さ――」

言いかけて、首をかしげる。

「典夫さんて呼んでもいいかしら?」

より親しみのこもった呼び方だ。いっそう距離が縮まったようだし、もちろん大歓迎である。

「あ、はい」

「典夫さんは、ご飯を食べてきてくださいな。ゆっくりでいいですよ。そのあとで、仕事の説明をしますから」

「わかりました。あの、よろしくお願いします」

典夫は改まって頭を下げた。

近くの定食屋で食事を済ませ、ひびき湯に戻ったときには、午後九時を回っていた。茶の間で小百合と過ごした時間が、思っていたより長かったのだ。それだけいろいろな話を彼女から聞いたのである。

　裏から来てほしいと言われており、離れへ移動するときに出たところから中へ入る。通路をとおってフロントに出ると、カウンターの中に小百合の姿があった。

「あら、早かったんですね」

　笑顔で迎えられ、胸が暖かくなる。ああ、自分は間違いなく、彼女に恋をしてしまったのだ。典夫は強く実感した。

「じゃあ、まずはここから説明します。入ってきてください」

　小百合に招かれて、典夫はカウンターの下をくぐって中に入った。

　外からは、ふたりが横に並べるぐらいのスペースは充分あるように見えた。けれど、床に段ボール箱が置かれ、奥行きもあまりないから、けっこう手狭である。

　自然とふたりは接近することになった。離れの茶の間ではあいだに卓袱台があったから、より近い距離である。

　ふわ――。

　甘い香りが鼻腔に忍び込む。成熟した女体から漂うかぐわしさだ。

（女のひとって、やっぱりいい匂いなんだな）

　童貞まる出しの感想を抱き、漂うものを悟られぬように吸い込む。

大学で女子学生たちが振り撒《ま》くのは、爽やかなコロンや蠱惑《こわく》的な香水など、いかにも人口的なパフュームだ。けれど、三十路《みそじ》の未亡人のそれは、人間的なぬくみがある。汗の名残なのか、ほのかな酸味すら官能的で、牡《おす》の本能を揺さぶられる心地がした。

「お客様は券売機で入場券を買いますから、それを確認してこの箱に入れてください。あとタオルとか、石鹸やシャンプーは持参していただくんですけど、そういうものを用意しなくて立ち寄られる方もいますので、こちらでも販売しています」

カウンター下の棚に、使い切りのボディソープとシャンプーのセット、タオルやカミソリ、歯ブラシもあった。

「こっちは現金会計になりますので、お金は手提げ金庫に入れてくださいね。万が一お釣りが足りないときは、わたしに言ってください」

「わかりました」

「それで、在庫はここに――」

小百合が身を屈め、カウンター下の段ボール箱を開く。典夫に背中を向けて。

(わっ)

思わず声をあげそうになったのは、ジーンズに包まれたヒップがまともに差し出されたからだ。

たわわな丸みが、手の届く距離にある。後ろを歩いたときに目撃した以上の迫力とエロティシズムに、喉がぐぴっと品のない音を立てた。

トレーナーがずり上がり、裾《すそ》から背中が覗く。ジーンズも穿き込みが浅いようで、

ウエストから下着の一部がはみ出していた。

ベージュ色のそれは、ゴムのところがレースである。大人の女性にこそ相応しいフェミニンなインナーに、劣情が煽《あお》られる。

(なんて素敵なおしりなんだ)

触れたくてたまらなくなり、それはまずいと踏みとどまる。もっとも、仮にさわっていいと許されたところで、手を出す勇気はなかったであろう。

「足りなくなったら、ここから出してください」

小百合がからだを起こし、箱の中を典夫に見せる。今度は顔が近くなったため、典夫はどぎまぎした。

「わ、わかりました」

声がうわずってしまう。幸いにも怪しまれることはなかった。

そのとき、お客が入ってくる。還暦は過ぎていると思われるご婦人だ。

「あら、新しいひと?」

入場券を差し出すとき、典夫を見て訊ねる。

「そうなんです」

小百合が答えると、

「そう。よかったわね」

笑顔を見せたから、ひびき湯の事情を知っていたと見える。使い慣れたふうなビニールバッグも持参しているし、ご近所の常連らしい。

「お客様は常連さんがほとんどだから、顔を憶えておくといいですよ」

婦人が暖簾の奥に消えると、小百合がアドバイスしてくれた。

「はい、そうします」

「あと、ここにも書いてありますけど、入場券を買って出していただければ問題ないので、短い時間ならカウンターを空けてもだいじょうぶです。トイレとかで」

実際、初めて来たときには、ここは無人だったのだ。

「そう言えば、小百合さんもいませんでしたね」

「ええ、お客様に呼ばれたんです。シャンプーが切れたから買いたいって。たまにそういう方がいらっしゃるんです」

小百合は背後のドアを指差した。

「ここから番台に出られるんです。あ、番台ってわかります?」

「ああ、はい。テレビで見たことがあります」

「そこで品物をお渡しするんです。もしも声をかけられたら、典夫さんもそうしてください」

「わかりました」

うなずいたものの、(待てよ)と胸を高鳴らせる。

(番台って、男湯と女湯のあいだにあるんだよな)

つまり、そこに出たら、みんなが裸でいるところが見られるのである。

(じゃあ、女湯が覗き放題ってことじゃないか!)

お客は高齢者が多いと、小百合が言っていた。だが、中には若いひともいるのではないか。

「ちょっと見てみましょうか」

言われてドキッとする。

「え、見るって?」

「番台のほう」

そう言って、小百合がドアを開ける。

「ふたりは入れませんので、典夫さん、覗いてみてください」

覗くなんて言葉を使われて、ますますうろたえる。邪《よこしま》な心を見抜かれたのかと思ったのだ。

それでも、せっかくだからと身を屈め、ドアの向こうに移動する。

そこは狭い空間だった。番台の中らしい。かつては高い位置に坐って全体を眺められるようになっていたのを、すべて取り払ったようだ。

中で立ってみると、番台の縁は典夫の顎ぐらいの位置である。お金を払うとき、反対側の脱衣所を覗かれないようにするには、そのぐらいの高さが必要であろう。

今や本来の役割を果たしていないそこは、上に磨りガラスのボードが三方を囲んで立てられていた。よってお客には、中にいる典夫の頭は見えない。

また、男湯と女湯それぞれの側に、チケット売り場みたいな小さな窓口があった。そこでお金と商品のやりとりをするようだ。すでに裸になっていても、これなら見られずに済む。

（これじゃ覗くのは無理か）

典夫はがっかりした。

やろうと思えば、小窓から見えないこともあるまい。しかし、バレたら騒がれるのは確実だし、銭湯の信用問題にもなる。

外に出ると、彼女が《わかった？》と問うみたいに首をかしげた。

「あの小窓からお金を受け取って、商品を渡すんですね」

「ええ、そうなんです」

嬉しそうな笑顔を見せられ、典夫は心に誓った。小百合に迷惑のかかることは、絶対にしまいと。

「あと、お風呂に入るときは、わたしを呼んでくださいね。交代しますから」

「え、仕事中に入浴してもいいんですか？」

典夫は驚いた。風呂を使わせてもらうのは、営業終了後だと思っていたのだ。

「終わったあとは掃除があるので、ゆっくり入れませんから」

言われて、なるほどと納得する。

「ただ、今日は時間がありませんから、あとにしましょうね」

「はい。あ、でも、タオルとか持ってきてないんですけど」

「そのぐらいならお貸ししますよ」

彼女の口調や表情に、いつしか変化が現れていることに典夫は気がついた。

言葉遣《づか》いは丁寧なままでも、他人行儀ではない。優しく諭《さと》してくれる感じなのだ。

弟と仲がいいようであるし、こちらもずっと年下ということもあって、親しみを覚えてくれたのであろうか。

（本当に素敵なひとだよな……）

仕送りが減り、風呂なしのアパートに越したときには、これからどうなるのかと不安も覚えた。未だ状況は好転したと言い難いが、気持ちはだいぶ楽になっている。小百合に会って安心し、癒やされたおかげだ。

このひとのためにも頑張ってひびき湯を盛りあげよう。改めて誓う典夫であった。

3

午後十時を回り、お客が全員銭湯を出る。典夫はカウンターのところで「ありがとうございました」と見送った。

言われたとおり、高齢の客が多かった。若くても四十代ぐらいではなかろうか。

「さ、それじゃ始めましょうか」

小百合に声をかけられ、「はい」と返事をする。ふたりはまず男湯へ入った。

板張りの脱衣所は、壁際に鍵付きのロッカーがある。中央には、ベンチが二つ縦に並んでいた。

どちらも新しいものだが、壁や天井はやはり時代がかっている。体重計も、学校の保健室でしか見たことのない大きなものだ。他にパック牛乳の自動販売機と、洗面台もあった。

女湯との境の部分には、町内会のお知らせや、区の催し物などのポスターが貼られている。天井に接しておらず、上の部分が空いているから、夫婦や家族で来たお客が声を掛け合うなんて場面もありそうだ。

番台は半透明のボードがあるため、女湯のほうは見えない。小窓の下に【ご用の方は声をかけてください】という貼り紙があり、タオルなどの値段も書かれてあった。

「先に脱衣所を掃除しましょう」

隅っこに掃除用具を入れたロッカーがあり、小百合がモップを取り出す。

「これで床をお願いできるかしら。隅のほうに埃《ほこり》が溜まりやすいから、特に念入りにお願いします」

「わかりました」

典夫はモップを受け取ると、端から丁寧に床を拭いた。

小百合は足拭き用のマットを集めたあと、ダスターでロッカーの中や洗面台を拭いた。ふたりで作業を分担したため、時間をかけることなく終わる。

「脱衣所はこんな感じです。明日からは男湯と女湯に分かれて、典夫さんにはこちらをひとりでやってもらうことになります。大変だと思うけど頑張ってくださいね」

「はい」

「あと、忘れ物があったら、あそこの箱に入れてください。あとの処理はわたしがやりますから」

ロッカーの横に、昔使っていたと思しき脱衣カゴがある。裸になる場所だし、脱いだ下着などを忘れていくお客もいるのだろう。

「じゃあ、次は浴場ですね」

ガラス戸がカラカラと開けられる。湯気の残るそこは、思ったよりも広かった。

女湯との境のところは、脱衣所と同じく天井部分が空いている。そちら側の壁に鏡がはめ込まれ、蛇口やハンドシャワーがあった。浴用イスも並んでいる。

それと反対側にあるのが、ふたつに仕切られた大きな浴槽だ。一方の小さめのほうに【高温】の表示があるから、そちらは熱めの湯なのだろう。

ただ、すでにお湯は落とされている。お客が出たあと、小百合が点検していたようだから、そのときに栓を抜いたらしい。

浴場は壁も床も昔風のタイルであるが、奥にちょっと場違いな、板壁の頑丈そうな小部屋があった。ドアの上に【サウナ室】と表示されている。

(これがサウナなのか)

お客を呼び込むために、小百合の夫が新設したと聞かされた。脇に小さな浴槽があり、そこは水風呂のようだ。

「まず、タライとイスを集めて、ここに入れるんです」

浴場内のあちこちにあったそれらを、すべて水風呂に入れる。小百合がスポンジで、手早く洗ってみせた。

「こんなふうにタライとイスを洗ってから、浴槽と洗い場、床を綺麗にします」

小百合が掃除の仕方を説明してくれる。道具は他にデッキブラシとたわし、洗剤とホースなどで、すべて浴場内のロッカーにしまってあった。

「これは使わないんですか?」

中に大きな掃除機みたいな機械があった。似たようなものは、大学で清掃業者が床を磨くのに使っている。

「ポリッシャーですね。それはお休みの日に使います。普段はそこまでやっている時間もひと手もないので」

たしかにそうだなと、典夫は納得した。

「あ、サウナは掃除しなくていいんですか？」

「普段は、マットを集めて洗うだけでいいんです。濡れていたら、から拭きをするぐらいですね。へたに水拭きをしたら、カビてしまうんです」

今も余熱で乾燥させているという。あとは三ヵ月に一度ぐらい、薄めた中性洗剤を使うそうだ。

小百合が女湯を掃除するので、男湯の残りは、典夫がひとりですることになった。

タライとイスをすべて洗ってから、浴槽をたわしで磨く。タイルの継ぎ目は黄ばんでいたが、カビた跡はなかった。長い年月、しっかり手入れされてきたのだろう。

その伝統を途切れさせてはならないと、典夫も隅々まで綺麗にした。鏡や蛇口はスポンジを使い、床もデッキブラシで、汚れの付きやすい目地に沿ってこする。

最後にホースやバケツで水を流し、洗ったイスとタライを隅に積み上げた。

「ふう」

ひと息つき、掃除を終えた浴場内を眺める。初めてにしては、なかなかよくできたのではなかろうか。頑張った証《あかし》の汗が、顔や背中を伝っていた。

（あれ、待てよ）

そこに至って思い出す。まだ風呂に入っていないのだ。

小百合は、営業終了後にと言っていた。だが、すでにお湯はない。シャワーなら浴びられるが、せっかく綺麗にしたところを汚したくなかった。

(小百合さん、風呂のことを忘れちゃったんだな)

それとも、離れの浴室を貸すつもりなのか。けっこう狭い家だったし、風呂なんてあるのかなと考えたところで、彼女が戻ってきた。

「まあ、綺麗になりましたね。とても上手だわ」

称賛の言葉が照れくさくも嬉しい。たとえお世辞であったとしても。

「ご苦労様。それじゃ、お風呂にしましょうね」

「え?」

「こっちへ来てください」

どうやら忘れていなかったらしい。

小百合が先導し、番台前の仕切り壁に向かう。そこにドアがあるのはわかっていた。ノブがついておらず、行き来できないよう閉じているのだと思った。

彼女はエプロンのポケットからノブを取り出し、ドアの穴に差し込んだ。勝手に開けられないよう、着脱式のものに変えてあったようだ。

「さ、どうぞ」

招かれて、典夫は緊張を隠せず、女湯のほうに進んだ。すでにお客はいないとわかっていても、男にとっては聖域であるからだ。

男湯とは左右が逆なだけで、造りも置かれてあるものも一緒である。しかし、ほのかに漂う匂いは異なっていた。

いくら高齢のお客が多くても、香水や化粧品を使うひとはいるだろう。また、シャンプーやリンスも男とは違うのではないか。幾ぶん甘ったるい残り香は、童貞青年の心を揺さぶった。

加えて、小百合もさっきまで以上に濃厚なかぐわしさを放っている。典夫もそうだが、掃除をして汗をかいたに違いない。わずかに含まれた酸味も蠱惑的だ。

「浴槽は、ひとつだけお湯を張ったままにしてあるので、そこを使ってください。あ、脱いだ服はここに」

脱衣カゴを出してもらい、典夫は「すみません」と頭を下げた。

「タオルを持ってきますから、ごゆっくりどうぞ」

言い置いて、小百合が脱衣所を出る。お言葉に甘えて、典夫は汗で湿った服を脱いだ。素っ裸になり、浴場へ移動する。

すでに掃除は終わっているようで、浴用イスとタライが隅に積み上げてある。タイルもきちんと磨かれたのがわかるほどピカピカだ。

そんな中で、ひとつの浴槽だけが満たされているのは、ちょっとシュールな光景だった。【高温】の表示がされたところである。そっちのほうが狭いから、お湯を残したのだろう。

(女性でも、熱めのお湯に入りたいひとがいるのかな)

江戸っ子の頑固オヤジが、顔を真っ赤にして熱い湯船につかる場面を、映画かドラマで見た気がする。一方、女性の入浴は、ぬるめのお湯に長い時間つかるというイメージだ。顔にパックなどをしたままで。これもそういう映像をどこかで目にしたからである。

とは言え、自宅ならともかく、銭湯で長湯をするひとはあまりいないのではないか。気心の知れたご婦人たちが、ぺちゃくちゃとお喋りに興じることはあっても、熱い湯につかったままではのぼせる恐れがある。

タライをひとつ持ってきて、かけ湯をする。思った以上に熱かった。爪先からゆっくり入っても、皮膚がわずかにピリピリする。

「あちち」

思わず声が出たものの、この程度で尻込みするのは男としてだらしない気がした。

（ええい、べつにやけどするほどじゃないんだから）

うーうーと唸りながら、湯船に身を沈める。肩まで浸かると、熱さは幾ぶん和《やわ》らいだ。からだのほうが慣れたようである。

「ふう」

ひと息ついて、高い天井を見あげる。こんな広々としたところで湯につかるのは、中学のスキー合宿で泊まったホテルの大浴場以来だ。

（ていうか、ここ、女湯なんだよな）

思い出して、モヤモヤしてくる。掃除のあとだから脱衣所ほどの残り香はないが、ここで大勢の女性たちが肌を惜しげもなく晒《さら》していたのである。しかも、彼女たちがつかったお湯に身をひたしている。

高齢のお客が多かったのは確かながら、これだけ熱いとからだに毒だからと、年寄りは利用しないのではなかろうか。つまり、比較的若い世代が、この湯に裸体を沈めたことになる。

但し、あくまでも典夫の想像というか願望だ。確たる根拠はない。

おっぱいやおしりだけでなく、未だ実物を目にしたことのない秘められた部分にも触れたお湯が、自身にまつわりついている。そう考えるだけで胸の鼓動が高鳴り、頭だけでなく下半身にも血流が集まった。

そのとき、浴場の戸がカラカラと音を立てて開く。そちらに目を向けた典夫は、体内の血潮をいっそう激しく巡らせた。

「お湯加減、いかがですか？」

そう訊ねたのは小百合である。しかも、浴場ではこうあるべき姿——素っ裸の。

もっとも、彼女は大きめのタオルを、からだの前面に当てていた。それは乳房から股間を隠しており、肝腎なところは残念ながら見えない。

それでも、三十歳の艶《つや》やかなボディラインがあからさまなのだ。未だ女を知らない青年には刺激が強すぎた。

（……て、どうして小百合さんがここに？）

風呂に入るために来たのだと、もちろんわかっている。だが、男の先客がいると知りながら、どうして裸になれたのだろう。

典夫の戸惑いなどおかまいなく、彼女は真っ直ぐこちらに進む。浴槽の脇にしゃがみ、置いてあったタライでかけ湯をした。

タオルは前に当てたままであったが、濡れたことで肌を透かす。けっこうボリュームのありそうな乳房の頂上に、赤っぽい突起が見えた気がして、典夫は焦って顔を背けた。こういうときは視線をはずすのがエチケットだと、童貞ながら察したのだ。

「失礼します」

小百合が声をかけ、湯船に入る気配がある。湯面に小さな波が立ち、間もなく、

「ふう」

やけに色っぽい吐息が聞こえ、また心臓が大きな音を立てた。

「このぐらい熱いほうがいいですね。お風呂につかったって気がしますもの」

浴場に反響する声は、何だか別人のように聞こえた。

「あの、おれ、もう上がりますから」

いよいよ堪えきれなくなって声をかける。もしかしたら、自分がなかなか出てこないものだから、痺れを切らして入ってきたのかと思ったのだ。しかし、

「あら、まだ入ったばかりでしょう。もっとゆっくりしていってください」

穏やかな口調で諭され、そうではないと悟る。

小百合は最初から、ふたりで入るつもりだったらしい。上がるのを待っていたら、時間が遅くなると思って。この浴槽も、あとで洗わねばならないのだから。

（ようするに、おれは男として意識されていないんだな……）

十歳も年下だし、まだ学生ということもあって、ほんの子供みたいに思われているのだろうか。いちおう成人男子なのに。

「思い出すわ……」

懐かしむようなつぶやきに、典夫は彼女のほうに顔を向けた。

(わわっ)

鎖骨《さこつ》の下あたりまで湯につかった艶姿《あですがた》にうろたえる。ふたりのあいだには一メートルほどの距離があったが、白い裸身もお湯の中で揺らめいていた。

(色っぽすぎるよ、こんなの……)

欲情がマックスまでふくれあがる。ペニスも完全勃起し、雄々しく脈打った。

見てしまった以上、顔を背けるのはかえって失礼に当たる。それでも直視しないよう気をつけて、典夫は伏し目がちに質問をした。

「何を思い出すんですか?」

「弟が手伝ってくれたときも、こんなふうにふたりで入ったことがあったんです」

この返答に、典夫は驚きを隠せなかった。

「それじゃあ、弟さんとは、家でもいっしょに入浴してたんですか?」

「そうですね。彼が中学に入る前までですけど」

小百合が悪びれることなく答える。だが、小学校も高学年になれば、異性を意識するはずである。

まして、いくら実の姉でも、こんなに綺麗なひとなのだ。その頃には彼女も二十歳近かったろうし、充分に女のからだになっていたはず。

「あの日も、今日みたいに掃除をしたあと、弟が上がるのが待ちきれなくって、こんなふうに入ってきちゃったんです。昔が懐かしくなったのと、家のお風呂と違って広いし、たまにはきょうだい水入らずもいいかなと思って」

打ち明けて、小百合がクスッと笑う。

「弟は困ってましたけど、わたしは気にならなかったんです。お互いにオトナですし、恥ずかしがるような年でもないですから」

それは弟の反応のほうが正しいと、典夫は思った。ともあれ、そんなことを思い出したために、彼女は躊躇《ちゅうちょ》なく入ってきたのだろう。しっかりしているようで無頓着というか、天然っぽいところがあるようだ。

(何にしろ、おれは弟と変わりがないってことなんだな)

ひとりの男として見られていないのは間違いあるまい。これでは仮に告白しても、まともに受け止めてもらえない可能性が大きい。

落胆する典夫であったが、小百合は気にせず話しかけてくる。

「浴場の掃除は体力を使いますし、濡れたり汗をかいたりすると思いますから、次からは軽装を用意してきてくださいね。ランニングシャツとか短パンとか。あと、終わったあとにシャワーを浴びるぐらいならかまいませんので」

他にもアドバイスめいたことを言われたが、記憶に残っていない。熱い湯につかっていたためと、ふくれあがった劣情で頭がボーッとしていた。

(あ、まずいかも)

完全に湯あたりをしたらしい。早く出ないと気を失いかねない。

「お、おれはこれで――」

フラつきながらも浴槽の縁に進み、上半身を外に出したところで、目の前がブラックアウトした。

4

(……あれ?)

意識が戻ったとき、典夫は硬い床の上に寝ていた。

　背中に当たるのが浴場のタイルだと、薄く開いた瞼《まぶた》の向こうに、さっき眺めた天井が見えたことで理解する。それから、熱い風呂につかってのぼせたのも思い出した。

　まあ、頭に血が昇ったのは、他にも原因があったけれど。

　からだのどこにも痛みはないから、派手に倒れずに済んだらしい。そうすると、小百合が風呂から助け出して、寝かせてくれたのだろうか。まだ少し火照《ほて》りが感じられるから、長く失神していたわけではないようだ。

（そうだ、小百合さんは？）

　思い出して目を動かし、腰の横に坐っている彼女を発見する。

（あ――）

　焦って目をつぶったのは、どこも隠していない裸身を見たからだ。重たげな乳房の頂上、ワイン色の乳頭も、一瞬だったが網膜に焼きついた。

　小百合は心配して、付き添ってくれているのだ。心遣いは嬉しかったものの、自分は素っ裸なのである。しかも、股間にタオルなどが掛けられている感じはない。

　おまけに、もうひとつとんでもないことに気がつく。

（うわ、まずいぞ）

　典夫は勃起していた。その部分が力強く脈打っているのが、見なくてもわかったのである。

風呂の中でエレクトしたのが、そのままだったのか。あるいは、短い時間でも眠った状態にあったので、朝勃《あさだ》ちの反応を示したのか。

どちらにせよ、麗しの未亡人は、猛《たけ》る牡器官を観察しているのだ。

(そんな……どうして?)

かつては夫がいたのであり、そんなモノは見慣れているはず。特に興味を惹かれる代物《しろもの》ではあるまい。だいたい、こういう場合は、タオルか何かで隠すのがエチケットではないのか。

「すごいわ」

小百合のつぶやきが聞こえる。続いて、何かが筋張った肉胴をすっと撫でた。

「う……」

危うく洩《も》れそうになった声を、どうにか抑える。けれど、分身がビクンビクンとしゃくり上げるのは、どうすることもできなかった。

(小百合さんがおれのを——)

生まれて初めて、勃起したイチモツを異性にさわられたのである。ほんの軽いタッチだったにもかかわらず、電気が走ったかと思うぐらいに感じてしまった。

「すごく元気……やっぱり、小さくしてあげたほうがいいのかしら」

聞こえたつぶやきに、典夫は（え？）となった。

（小さくしてあげるって、それじゃ――）

勃起を鎮《しず》める最善の方法は、射精させることである。まさか彼女が、何らかの方法で絶頂に導いてくれるというのか。

間を置かずに、強《こわ》ばりきったものが握られる。

「むふぅ」

太い鼻息がこぼれる。経験したことのない快《こころよ》さに全身が波打ち、陽根がいっそう硬化した。

（あ、まずい）

さすがに起きているのがバレると思った。ところが、その程度の反応は自然なものだと判断したのか、小百合が怪しむ様子はない。

「こんなに硬いなんて」

と、ため息交じりに独りごちる。脈打つものを持て余すみたいに握り直した。

典夫は薄目を開けて彼女の表情を窺《うかが》った。すると、やけに生真面目な横顔が視界に入る。好奇心や、淫らな気分に煽られているふうではない。

(ひょっとして、気を失ったのに勃起しているから、不憫《ふびん》に思ったんだろうか)

小百合は夫を亡くしたと話してくれたけれど、典夫のほうは自身のプライベートを明かしていない。童貞だなんて知られていないはずだ。

それでも、弟よりも若い男子が、気を失った状態で欲望をあからさまにしているのである。溜まっているのかと憐憫を覚えたのかもしれない。あるいは、このままだと起きたときに典夫が恥をかくから、平常状態に戻してあげねばと思ったとか。

とにかく、最後まで導くのは決定事項のようだ。

「うぅ」

握り手が上下して、典夫は堪えきれず呻《うめ》いた。歓喜の波が、またたく間に全身に広がった。

(き、気持ちよすぎる!)

キスすらも経験のない身で、三十路の美女から性的な施しを受けているのである。手指の柔らかさも、しっとりと包み込むような握り方も、すべてが狂おしいまでの悦《よろこ》びをもたらしてくれた。

そのため、たちまち限界を迎える。

しごかれて、まだ一分も経っていない。なのにほとばしらせてしまったら、小百合もだらしないとあきれるのではないか。最悪、童貞だとバレてしまう恐れもある。

典夫は忍耐を振り絞り、こみ上げるものを懸命に抑え込んだ。しかし、なにぶん初めてのことゆえ、対処するすべがわからない。起きていると気づかれてもまずい。

結果、二分が限度であった。

（あ、いく――――）

全身が蕩《とろ》けるような感覚に襲われる。目の奥がキュウッと絞られ、鼻息がふんふんとこぼれた。

そして、熱いものが屹立《きつりつ》の中心を駆けあがる。

びゅくんっ！

大きくしゃくり上げた牡根が、子種入りのエキスを噴きあげる。典夫は目をつぶっていたのだが、快感の大きさからして、かなり高く飛んだに違いない。

「あん」

小百合が小さな声を洩らす。いきなりで驚いたのだろう。それでも手を動かし続けてくれたから、典夫は絶頂の悦楽に長くひたることができた。

（ああ、こんなのって……）

間違いなく、これまで経験した射精の中で最高だった。

からだのあちこちが、ピクッ、ビクンと痙攣《けいれん》する。快感の潮がゆっくりと引くにつれ、気怠《けだる》い余韻が手足の隅々にまで行き渡った。

「いっぱい出たわ」

小百合のつぶやきが、やけに遠くから聞こえた。

第二章　汗まみれサウナ淫行

1

小百合がからだにお湯をかけてくれる。飛び散ったザーメンを洗い流してくれているようだ。

典夫は目を閉じたまま、オルガスムスを反芻《はんすう》していた。

オナニーのあとは決まり悪さを覚えて、さっさと後始末をするのが常だった。なのに、その瞬間を思い返すだけで、淫らな気分が胸に満ちる。射精したばかりにもかかわらず、もっとほとばしらせたくなった。もちろん、愛《いと》しい未亡人の手によって。

しかしながら、そこまで望むのは贅沢である。今日初めて会ったばかりの美女から、ここまでしてもらえただけでも奇跡なのだから。

とにかく、このまま失神したフリを続けているわけにはいかない。どのタイミングで目を開けるのかを、今は考えるべきだ。

(小百合さんがおれにタオルを掛けて、浴場を出てくれればいいんだよな)

それならば、どちらも気まずい思いをしなくて済む。おそらく彼女もそうするつもりではないかと期待したとき、

「え、どうして？」

困惑げな声が聞こえてドキッとする。何かまずいことでも起こったのかと、典夫は瞼を少しだけ開けた。

小百合は唇をへの字に結び、眉間にシワを刻んでいる。いったいどうしたのかと、鼓動を速めつつ見守っていると、再びペニスを握られた。

「む――」

どうにか声を抑え、鼻息だけでしのぐ。だが、何が起こっているのか理解して、典夫は慌てた。

(え、どうして？)

握られてわかったのであるが、分身は未だに強ばりを解いていなかったのである。

「あんなにいっぱい出したのに……」

聞こえたつぶやきに、典夫も同じ思いを噛《か》み締めた。

イカされたときは目を閉じていたものの、かなり出たのはわかった。それこそ、自分でするときの倍近くも宙に放った感じがあった。

なのに小さくならないのは、満足したあとも快感を反芻し続けたせいなのか。

（これじゃあ、小百合さんに嫌われるかも）

せっかく奉仕してあげたのに、やった甲斐がないと気分を害したらどうしよう。いや、それればかりでなく、性欲過多の男だと蔑《さげす》まれるかもしれない。

ついさっき、もう一度彼女の手で頂上に導かれたいと願った。けれど、さすがに二回もしてくれないだろう。このまま放っておいてほしい。典夫は情けなさにまみれて願った。

ところが、小百合の手が再び動き出したのである。

（嘘だろ？）

とても信じ難かったが、夢でも妄想でもない。しなやかな指が適度な加減で牡根をこすり、うっとりする快さにひたらせてくれたのだ。

「やっぱり、若いから元気なのね」

納得した口振りの独り言。いいように解釈してくれて、典夫はホッとした。但し、これでまたしばらく、気を失ったフリを続けねばならない。

「むふっ」

太い鼻息がこぼれる。小百合のもう一方の手が、牡の急所を包み込んだのだ。

「パンパンだわ。溜まってるのかしら」

中のタマを手の中で転がし、充足具合を確認する。もっとも、そのためだけに触れたわけではなさそうだ。手をはずすことなく、やわやわと揉み続けたから。

(キンタマって、こんなに感じるのか)

オナニーではペニスをしごくだけで、陰嚢《いんのう》には手を出さなかった。そもそも性感帯だなんて思わなかったからだ。

しかし、未亡人の手は、明らかに快感を生み出している。気持ちいいというよりはくすぐったい感じながら、それが陽根の摩擦によって生じる悦びを、いっそう押しあげてくれるようであった。

(……小百合さん、亡くなった旦那さんにも、これをしてあげたんだよな)

男を感じさせるための知識とテクニックがあったからこそ、典夫のモノもためらいなく握れたのだろう。それに、射精したときも手を休めず、最後までしごいてくれた。そうされるのが快いと知っていたのだ。

彼女の亡き夫に、典夫は嫉妬を覚えた。こんな素敵な奥さんを残して死ぬなんて、悔やんでも悔やみきれなかったに違いない。けれど、たとえ短いあいだでも、夫婦として幸せな時間を過ごせたのなら、それだけで充分じゃないかと思った。

クチュクチュ……。

卑猥な粘つきが聞こえる。先汁が多量に溢れ、上下する包皮に巻き込まれて泡立つ音だ。おそらく、小百合の指もヌメらせているのだろう。

そして、手の上下運動が気ぜわしくなる。

「早くしないと典夫さんが起きちゃうわ」

小百合は焦りだしたようだ。典夫のためにと始めた施しも、傍目《はため》には年下の青年が気絶したのをいいことに、性的に弄《もてあそ》んでいるとしか映らないのだから。

今回は典夫も、射精までの時間を引き延ばそうとはしなかった。彼女に負担をかけたくなかったのだ。

だが、一度昇りつめたあとである。いくら気持ちよくても、そうやすやすとは頂上に至らない。

（さっきはあんなに早くイッたくせに）

典夫のほうも焦《じ》れてきた。与えられる快さに集中しようと、下半身に意識を向けたとき、それまでとは異なる感触があった。

(え?)

亀頭が温かく濡れたものにすっぽりと包まれている。さらに、何かがチロチロと這い回った。

「む、うう」

くすぐったさを強烈にした快感に、今度は呻き声を抑えきれなかった。それが聞こえたのか、屹立の根元を強く握られる。

(あ、まずい)

目を覚ましたのではないかと小百合に疑われたらしい。典夫はじっとして、息づかいを落ち着かせた。

だが、何をされたのかを察して、胸の内はかなり乱れていたのである。

(小百合さんが、おれのを口で——)

優しくて淑《しと》やかな未亡人が、ペニスをしゃぶっている。ここまで大胆なことができるなんて、とても信じられなかった。おそらく、早く射精させなければと、やむにやまれぬ思いから秘茎を頬張ったのであろうが。

間もなく、舌が遠慮がちに動き出す。

（あ、あ、ああっ）

典夫は胸の内で声をあげどおしであった。

童貞であるがゆえに、フェラチオはセックスと変わらぬぐらいに、いや、もしかしたらそれ以上に憧れていた。女性にしてもらえるのはまだ先のようだし、だったら自分でしゃぶれないかと、無駄な努力を何度も試みたほどに。

その欲してやまなかった行為を、とうとう体験できたのである。しかも、魅力的な未亡人にしてもらえるなんて。

典夫はそっと瞼を開いた。しかし、仰向《あおむ》けのままでは何も見えない。頭をもたげて、小百合の口に分身が含まれているところを、目でも確認したかった。

とは言え、それはリスクが大きい。小百合は慎重になっているようだし、まず間違いなく気づかれる。

よって、このまま皮膚感覚のみで、口淫奉仕を堪能するしかなさそうだ。

肉根全体に満遍《まんべん》なく唾液を塗りつけると、彼女は頭を上下させた。唇をキュッとすぼめ、筒肉をこする。しかも、舌をねっとりと巻きつけたままで。

女性にしゃぶられるのはどんな感じだろうと、幾度となく想像した。だが、想像はあくまでも想像に過ぎないと思い知らされる。

（こんなに気持ちいいなんて——）

刺激そのものは、しごかれたときほど強くない。けれど、口内の温かさと、軟らかいグミみたいな舌の感触は格別だ。チュパッと舌鼓《したつづみ》を打たれると、体幹を電撃が貫いた気がした。

おかげで、時間をかけることなく頂上に駆けあがる。

「ん……ンふ」

年下の男に終末が迫っていると気づかないのか、小百合は鼻息をこぼしながら、熱心に吸茎する。頭の上下運動も速度を増した。

さらに、玉袋もモミモミされ、いよいよ限界が迫る。

（ああ、出ちゃう）

このままだと彼女の口の中を穢《けが》してしまう。さりとて予告することもできず、典夫は懊悩した。

（ええい、小百合さんも、口に出させるつもりなんだろう）

オルガスムス直前の蕩ける快美感が、理性をくたくたと弱める。どうにでもなれと手綱《たづな》を解き放った瞬間、最高の愉悦《ゆえつ》が全身を包み込んだ。

「ううう」

　堪えようもなく呻き、熱い滾《たぎ》りを勢いよく放つ。

「ん──」

　小百合の動きが止まる。突然の射精に怯《ひる》んだらしい。それでも、すぐさま舌を回し、次々と溢れるものを巧みにいなしているようだ。

（すごすぎる……）

　陰嚢をポンプのように揉まれ、脈打ちに合わせてペニスを吸われる。睾丸が空になるのではないかと、典夫は恐怖と紙一重の快感にまみれた。

　おかげで、二度目とは信じられない量の樹液が、尿道を高速で通過する。

　すべて出し終えてぐったりする。床のタイルに、己《おのれ》の溶けたからだが広がる感じがした。

　唇からはずれた秘茎が、陰毛の上に力なく横たわるのがわかった。今度はちゃんと萎《な》えてくれたようである。

　倦怠《けんたい》感に支配される中、瞼を少しだけ開ける。ぼやけた睫毛《まつげ》の向こうに、からだを起こした小百合がいた。

　彼女は天井を見あげると、喉を小さく上下させた。続いて、「はあ」と息をつく。

（え、飲んだの？）

たっぷりと出された牡のエキスを、すべて胃に落としたというのか。

小百合がこちらを向く。焦って目を閉じると、

「……ごめんね」

小さな声で謝られ、典夫はもしやと焦った。

(おれが起きてたって、わかってるのか?)

しかし、そうではないとすぐに悟る。相応の理由はあったにせよ、断りもなく淫らなことをして、彼女は申し訳ないと感じたのだろう。

謝る必要はもちろんない。むしろ、こちらがお礼を述べるべきところなのに。股間にまたお湯がかけられる。唾液に濡れた分身を清められ、典夫はもったいないと思った。小百合の痕跡を消されたくなかったのだ。

腰にタオルが掛けられる。彼女が出て行くのだと察して、典夫は目を開けた。すると、こちらにヒップを向けた女体が視界に飛び込んできた。

立ちあがりかけた中腰の姿勢。丸まるとした素尻がまともに突き出され、ぱっくりと割れた谷底には、神秘の翳《かげ》りがあった。

(あ――――)

典夫は目を瞠《みは》った。濡れて張りついた恥毛の狭間《はざま》に、肉色の何かが見えた気がした

のである。

けれど、それは一瞬のこと。立ちあがった小百合は、振り返ることなく出口のほうに進んだ。豊かな双丘を、ぷりぷりとはずませて。その魅惑の後ろ姿も、ガラス戸の向こうに消える。

たった今あったことが嘘のように、あたりが静まりかえる。典夫はのろのろと身を起こした。

首を伸ばして窺っても、脱衣所には誰もいないようだ。未亡人は何か取りに行ったのだろうか。

（……おれ、小百合さんにフェラチオをされたんだ）

その前には、手でも射精に導かれた。甘美な出来事が続けて起こったのに、当の彼女がいない今は、すべてが幻だったかに思える。

腰のタオルをはずすと、秘茎はうな垂れていた。その先端に半透明の雫《しずく》を認め、典夫は夢でも幻でもなかったのだと実感した。

2

二日後——。

大学の講義を終えて自宅アパートに帰り、典夫はすぐさまひびき湯に向かった。裏手から入り、銭湯のフロントへ出る。

「あら、典夫さん」

カウンターの向こうにいた小百合が、微笑を浮かべて迎えてくれる。

「ど、どうも」

一礼し、顔をあげても彼女の顔を直視できなかった。一昨日の出来事が、未だに尾を引いていたのだ。

あのあと、しばらくしてから小百合が戻ってきた。短パンにTシャツという軽装で。大丈夫かと心配し、湯あたりで失神したと教えてくれた。

何があったのかすべて理解していたが、典夫は『ご迷惑をおかけしました』と謝った。あとの掃除は彼女がするというので、先に帰ったのである。

アルバイトとしての仕事が正式に始まったのは、昨日からだ。あんなことがあった翌日で、正直、小百合と顔を合わせづらかった。

ところが、彼女は少しも変わらぬ態度であった。こちらが妙な素振りを示したら、実は気がついていたと悟られる恐れがある。典夫は自然に振る舞うよう心がけた。

なのに、今日も意識してしまったのは、昨晩、小百合を思い浮かべてオナニーをしたせいだろう。

二回も射精させられた一昨日の晩は、帰ってからすぐ蒲団《ふとん》にもぐり込んだ。湯あたりの影響も残っていたのか、とにかく疲れ切っていたのである。

それでも、ひと晩眠れば精力は快復する。翌日の朝勃ちは、いつもより著《いちじる》しいぐらいだった。

さすがに朝から抜くのはためらわれた。小百合をオカズにしてしまうのは目に見えていたし、それは憧れた女性を穢すようで躊躇した。

なのに、夜になったら我慢できず、独りでしてしまったのである。未亡人の手指の柔らかさや、しゃぶられたときの蕩けるような快さを思い出して。いつもは一度出して終わりなのに、彼女にされたのと同じく二回もほとばしらせた。

残念ながら、というか当然のごとく、快感は小百合のときとは比べものにならなかった。虚《むな》しさを覚えたたし、罪悪感もいつも以上に大きかった。

そんなことをした翌日だから、彼女の目がまともに見られなかったのだ。

(ていうか、どうして小百合さんは、あそこまでしてくれたんだろう)

幾度も浮かんだ疑問がぶり返す。

あのときは、自分に恥をかかせないようにするためだと解釈し、降って湧いた幸運を受け入れた。だが、冷静になって考えると、あそこまでする必要があったのかと思えてきた。それこそ、典夫を寝かせて股間をタオルで隠し、その場を去ればよかったのである。

彼女のほうも、牡のシンボルが怒張しているのを目の当たりにし、気が動転したのかもしれない。何とかしなくちゃと焦るあまり、短絡的な行動に出たのではあるまいか。

いや、理由は他にも考えられる。

夫を亡くして二年になると小百合は言った。三十歳の、女らしく成熟したからだを持て余していたため、若いペニスにどうしようもなく惹かれたのではないか。そのせいで手を出してしまった可能性もある。

新たな推測を、典夫はすぐさま打ち消した。好きになった女性を貶《おとし》めたくなかったのである。

昂《たかぶ》りのままに弄んだのなら、ただ射精させるだけで終わらせないはずだ。萎えなかった牡器官を、これ幸いと自らの芯部に迎え入れたであろう。ふたりとも裸だったし、腰に跨《また》がればやすやすと結合が果たせたのだから。

やはりあれは優しさから為《な》された行為だと思いつつ、もうひとつの望みも捨てきれなかった。

（小百合さん、おれに特別な感情を持ってくれたんじゃないかな）

たとえ弟のように感じたのだとしても、何とも思っていない男にフェラチオなんてできない気がする。少なくとも好意を抱いてないと無理だろう。

いや、そのときはそこまでではなくても、行為に及んだことで情愛が募ってくれたら嬉しい。ザーメンを呑むほど深い関係になったのだし、ペニスの硬さと逞しさから、男として認めてもらえたらと期待した。

「あの、典夫さんにお話があるんですけど」

不意に真面目な面差しを向けられてドキッとする。小百合が好きになってくれたらと考えていたため、いよいよ告白されるのかと早合点してしまった。

「は、はい。何でしょう」

「わたし、このあとどうしても出なくちゃいけなくて、帰りも深夜になるんです。だから、終わったあとのお掃除を、典夫さんにお願いしたいんですけど」

「ええと、女湯のほうも？」

「はい」

「それはかまいませんけど」

などと勿体《もったい》ぶりながら、典夫は是非ともという心境であった。女性たちが使ったあとの匂いや痕跡を堪能したかったのだ。

「ごめんなさいね。あと、鍵をお渡ししますから、戸締まりもお願いします」

「わかりました。あ、でも、ボイラーのほうは？」

そっちの操作は、まだ習っていないのだ。万が一ミスをして、銭湯の中枢部を駄目にしたら大変である。

「そっちは河嶋《かわしま》さんにお願いしました」

「え、河嶋？」

「ボイラーの点検をしてくださる方です。今日がちょうど点検日なので、終業時間に合わせて落としてくださいと言ってありますから」

その人物とは、典夫はまだ会ったことがなかった。

「河嶋さんはサウナが好きで、点検のあとでいつもサウナに入るんです。もしかしたら、掃除のときにもいらっしゃるかもしれませんので、驚かないでくださいね」

「ああ、はい」

ひびき湯のサウナはガス遠赤外線だと聞いている。ボイラーを止めても、続けて使用できるのだ。

（まあ、そんなに長く入ってるわけじゃないんだろう）

典夫も他のところで利用したことがあるが、十分が限界だった。それに、サウナはマットを集めるだけだから、掃除のときにいても支障はない。彼が水風呂も使うのなら、イスやタライを洗う場所を変えればいいだけの話だ。

「河嶋さんは、ウチ以外の銭湯も点検してるんですけど、とにかくサウナが好きなんです。それで、銭湯に関わる仕事をすれば、いろいろなサウナを体験できるだろうって、ボイラー技士の資格を取ったそうですよ」

小百合が教えてくれる。近頃はサウナがブームらしいが、そういう流行《はや》りとは関係なく、本当に好きなのだろう。

（ボイラー技士の資格を取るのって、難しいのかな）

今度調べてみようと、典夫は思った。そうすれば、大学を卒業してアルバイトをやめることになったあとも、ひびき湯に関われるからだ。

「ところで、これからお出かけって、何か急用なんですか？」

特に詮索するつもりはなく訊ねると、未亡人が表情を強ばらせる。

「急用というか、義実家のほうにちょっと」

曖昧《あいまい》な返答と訳ありふうな面差しから、ちょっとどころではないのだと悟る。

(ひょっとして、ひびき湯のことで何か言われてるんだろうか)

名義に関しては何も問題ないようなことを、小百合は最初のときに言っていた。だが、今になって難クセをつけられたのかもしれない。土地も広いし、更地《さらち》にして売れば相応の価格がつくからと。

相続に関することであれば、他人は口を出せない。せめて相談に乗ってあげたかったが、学生の身でアドバイスなどできるはずがなかった。

(おれはやっぱり、まだガキなんだな)

自身の未熟さに落ち込む典夫であった。


ひとりですべてこなすのは不安があったものの、幸い何事もなく終業時刻を迎えた。明日は水曜日でひびき湯は休業日だが、お客の数も昨日一昨日とそう変わりはなかったようである。

最後のお客が出てから入り口を施錠し、さっそく掃除に取りかかる。男湯から始めることにして、まず浴槽の栓を抜いた。

ひとりでするのは昨日に続いて二回目だが、面倒な作業はないのでスムーズに進められる。足拭きマットを集め、ロッカーの中もすべて拭いた。

床のモップ掛けを終え、短パンとタンクトップに着替えてから浴場に移動する。タライと浴用イスを集め、水風呂に入れようとしたところで、ボイラー技士が来ていることを思い出した。

（もうサウナに入ってるのかな？）

覗いてみると、中には誰もいなかった。まだ点検中なのかもしれない。

タライとイスは、空になった浴槽に入れて洗った。床もデッキブラシで磨く。最後に水を流したが、まだボイラー技士のひとは来ない。水風呂はそのままにして、女湯のほうに向かった。

先にこっちから始めればよかったと後悔したのは、女性たちが使用したあとの、脱衣所の残り香を嗅いだときである。甘ったるいかぐわしさは薄らいでおり、早く来れば濃厚なものを堪能できたのだ。

もっとも、お客は相変わらず高齢者が多かったことを思い出す。そこまでこだわる必要はないなと考え直した。

男湯と同じように、先に浴槽の栓を抜いてから脱衣所を掃除する。綺麗に使われているようでも、男湯以上に目立つものがあった。髪の毛だ。床だけでなく、洗面台にもいくらか散らばっていた。

(女性は髪が多いぶん、抜け毛もけっこうあるんだな)

それらもすべて綺麗にしてから、浴場に移る。

湿気を含んだぬるい空気に触れるなり、自然と小百合とのことが思い出された。ほんの一昨日の、しかも官能的で甘美な出来事だったのだ。無理もない。

ブリーフの内側で分身が膨張し、短パンの前を盛りあげる。すぐにでも抜きたい衝動に駆られたものの、頭をぶんぶんと振って邪念を追い払った。

(そんなことでどうするんだよ)

小百合は自分を信じて、すべて任せてくれたのである。その信頼に応えるべく、真面目に作業を進めねばならない。

今日はひとりだったため、風呂に入れなかった。終わったあとでシャワーだけ浴びるつもりだったが、男湯はボイラー技士のひとがサウナを使うから、こっちでからだを洗えばいい。我慢できなくなったら、そのときにオナニーをしよう。

手順どおり、まずはタライとイスを集める。それを水風呂に入れようとしたところで、いきなりサウナ室のドアが開いた。

「あ――」

声を洩らし、フリーズする。そこから現れたのが、素っ裸の若い女性だったからだ。

最初は、まだ帰っていないお客がいたのかと焦った。けれど、彼女は典夫をチラ見して、悪びれることなく水風呂に入る。スレンダーな裸身をひたし、「ふうー」と長い息をついた。

「あ、あの」

ようやく声が出せたものの、何を言えばいいのかわからない。典夫は激しく混乱していた。

「あなたが宮原典夫君ね」

女性から名前を口にされ、きょとんとなる。

(え、知っているひとなのか？)

ベリーショートの髪と引き締まった裸体は、普段から運動をしている感じがする。

勝ち気そうな眼差《まなざ》しと濃い眉からも、体育会系っぽい印象を受けた。

では、高校の剣道部時代の知り合いかと記憶を遡《さかのぼ》ったが、誰とも合致しない。

「ええと、あなたは？」

首をかしげると、彼女は水風呂の中で立ちあがった。なだらかな盛りあがりの乳房も、水滴をポタポタと落とす恥叢《ちそう》もまったく隠さない。典夫は再び固まった。

「河嶋唯花《ゆいか》よ。ここのボイラーの点検に来たの」

言われて、何者なのかがようやく判明する。

（ボイラー技士って女性だったのか！）

職業名のイメージから、男だと決めつけていたのだ。

3

（うう、どうしてこんなことに――）

典夫は身を縮め、やり場のない視線をさまよわせた。息苦しさを覚える暑さの中、額を伝う汗をどうすることもできずに。

「サウナっていいでしょ」

すぐ隣から声がする。唯花だ。

ひびき湯のサウナ室で、ふたりは横並びで坐っていた。当然ながら、どちらも素っ裸で。

中はそれほど広くなく、ひとつしかない壁際のベンチは四人しか坐れない。唯花はほぼ中央に腰を落ち着けていたから、典夫は彼女の手が届く距離にいた。

一緒にサウナを楽しもうと言われて、もちろん断ったのである。掃除が終わっていないし、そもそも女性と裸の付き合いなんて問題大ありだ。たとえ彼女のほうから求めてきたのだとしても。

だが、『あたしのハダカだけ見て逃げるつもりなの？』と脅すように言われ、従わざるを得なくなったのである。未だ童貞の典夫が、全裸の女性を前にして、そっちが勝手に見せたくせになんて言い返せるわけがなかった。

（唯花さんは恥ずかしくないのか？）

一糸まとわぬ姿の上に、どこも隠そうとしていない。典夫のほうは両手を股間に挟み込んで、ペニスを見られないようにしているというのに。これもチェリーゆえ、意気地がないからだ。

（ていうか、どうして小百合さんは、ボイラー技士が女性だって教えてくれなかったんだろう）

性別がどっちだろうと関係ないと思ったのか。けれど、仕事のあとでサウナを使うのなら、知っておかないとまずいだろう。現に、こういう事態を招いたのだから。

もしかしたら、義実家に行くことになっていたため、そっちが気になって伝え忘れたのかもしれない。あるいは、小百合自身は唯花と顔見知りだから、当然典夫も知っていると思い込んだとか。ちょっと天然っぽいところがあるし、その可能性は充分にありそうだ。

「唯花さんって、おいくつなんですか？」

間が持たずに質問する。女性に年を訊《き》くのはどうかと思ったものの、彼女のほうは小百合に教えられたらしく、典夫が二十歳の大学生だと知っていた。だからおあいこだと思ったのだ。

「二十七だけど」

唯花はためらいもなく答えた。平気でハダカを見せているし、かなりさばけた性格のようだ。運動部で男とも対等に渡り合ってきたのではないか。

「何か運動をされてるんですか？」

「え、どうして？」

いかにも体育会系っぽいからなんて理由は失礼な気がして、

「ええと、いいカラダをしているので」

そう言うと、彼女がこっちを見て「スケベ」と眉をひそめる。どうやら誤解させてしまったらしい。

「い、いえ、そういう意味では」

典夫はうろたえた。すると、唯花が愉快そうに目を細める。

「冗談よ」

頬も緩めたその表情は、それまでの近寄りがたい雰囲気が薄らぎ、やけにチャーミングに映った。おかげで、緊張がすっと抜ける。

「学生時代はいろいろやったけど、今は特別なことはしてないわ。休みの日に、このあたりでランニングをすることはあるけど」

「川沿いのコースですか？」

「そう。で、終わったあと銭湯に寄ってさっぱりするの。ここに来ることもあるし、他にもサウナ付きの銭湯があるからね」

小百合が言ったとおり、サウナが好きなようだ。運動をするのも、たくさん汗を出すためなのだろう。

「典夫君は運動してるの？」

「今は何も。高校時代に剣道はしましたけど」

「じゃあ、汗くさいのが好きなんだ」

この切り返しに、典夫の目が点になる。

「あたしは剣道ってしたことないけど、すごくくさいらしいじゃない。防具の中とかけっこう蒸れて」

事実だし否定できなかったものの、それだけの競技だと思われるのは心外だ。ただ、憧れた先輩のなまめかしい香りにうっとりしたのは事実であり、ボロを出さないよう口をつぐむ。

「ねえ、あたしもくさい？」

唐突な問いかけに、典夫は「え？」となった。反射的に、顔を唯花に向ける。

サウナ内を照らすのは、暖色の控え目な明かりである。その光が鈍《にぶ》く反射するほどに、彼女の肌は汗で濡れている。

さっきから典夫は、隣から漂う甘酸っぱい匂いに悩ましさを募らせていた。少しも不快ではなく、むしろそそられるかぐわしさ。それを嗅いで、こっそり昂っていたのを悟られたのだろうか。

「そ、そんなことないです」

「本当に？」

「はい。むしろ――」

余計なことを言いそうになり、口を引き結ぶ。しかし、唯花は聞き逃さなかった。

「むしろ、なに？」

尻をずらし、にじり寄ってくる。女体の健康的なパフュームが強まり、典夫はますます落ち着きをなくした。

「あの、いい匂いっていうか」

「あたしが？」

「は、はい」

「ふうん」

意味ありげに目を細められ、居たたまれなくなる。暑さのせいもあって、頭がくらくらしてきた。

「おれ、もう出ます」

ここは退散したほうがよさそうだと腰を浮かせかけたものの、腕をがっちり摑《つか》まれてしまった。

「ていうか、どうしてさっきから隠してるのよ。あたしは全部見せてるのに」

不満を口にされ、いよいよ追い込まれる。

彼女は股間の手を引き抜きにかかった。それもかなりの力で。

抵抗できなかったわけではない。だが、へたに動くとからだに触れてしまいそうだったのだ。そんなことをしたら、相手に付け入る隙を与えてしまう。

かくして、何もできずにいたために、秘宝を隠す手をどかされてしまった。

「え？」

唯花が目を丸くする。それもそのはずで、若いペニスがピンとそそり立っていたからだ。赤みの強い、艶やかな亀頭を剝《む》き出しにして。

勃起しないよう、典夫は必死で堪えていたのである。裸になって、一緒にサウナ室に入ったところまでは、どうにか平常状態を保つことができた。

けれど、彼女と近い距離でベンチに坐り、女体の甘い香りを嗅いだところで、忍耐が限界を迎えた。あとは箍《たが》が外れたみたいに海綿体が充血し、一気に怒張したのだ。

(だから見られたくなかったのに……)

情けなくて、目に涙が滲《にじ》む。これも女性に慣れていないせいなのだと、未経験の己を呪いたくなった。

「あうっ」

典夫は声をあげ、前屈みになった。唯花が屹立を握ったのである。

「へえー、元気だね。ガチガチじゃない」

感心した口振りで言われても、羞恥が薄らぐことはない。

「だ、駄目ですよ、こんなことしちゃ」

身をよじり、抗《あらが》っても、彼女はどこ吹く風であった。

「だけど、あたしのハダカを見て、こんなに大きくなったんでしょ？」

それればかりではなく、匂いにも昂奮《こうふん》したなんて言えない。典夫は反論できず、「ううう」と呻いた。

「だったら、あたしが面倒見なくちゃならないってことじゃない」

抵抗する気が失せたのは、もっともらしい論法に納得させられたためではなかった。

唯花の手が上下して、快感が爆発的に高まったのである。

びくん、びくん――。

分身が雄々しく脈打つ。小百合に続いてふたり目の手コキは、蕩けるような気持ちよさであった。どちらがいいのかなんて、比較する余裕もない。

「あら、もうお汁が出てきたわ」

鈴口《すずぐち》に丸く溜まった透明な粘液に気がつき、年上の女が口許をほころばせる。それを指頭に絡め取り、粘膜に塗り広げた。

「あ、あっ」

強烈な快美が生じ、典夫はたまらず声をあげた。すると、唯花が我が意を得たりという顔つきでうなずく。

「すっごく敏感だね。ひょっとして、女にシコシコされるのって初めて？」

明らかに童貞だと決めつけている。事実だったものの、丸っきり経験がないと蔑まれるのはシャクだった。

「初めてじゃありません」

たとえ一度きりでも、嘘ではないから正々堂々と答えられる。これに、彼女は虚を衝かれたらしかった。

「……本当に？」

訝《いぶか》る面持ちを見せながらも、典夫の口調や顔つきから、事実だと悟ったようだ。面白くなさそうに眉をひそめたところを見ると、最初からチェリーボーイを弄ぶつもりで、こんなことを始めたのかもしれない。

だったら、これで諦めてくれるかもと思えば、唯花がぴったりと密着し、汗で濡れた肌をヌルヌルとこすりつけてくる。甘酸っぱい香りがむせ返りそうに濃く揺らめき、典夫は頭がボーッとなった。

（ああ、こんなのって……）

小百合にフェラチオまでされたものの、女体とここまで親密にふれあったわけではない。ついさっき会ったばかりのひとなのに、否応なく虜《とりこ》にされる心地がした。

「だったら、これはどう？」

唯花がいきなり身を屈めた。手にした陽根の真上に、ショートカットの頭をかぶせる。

「あ――」

何をしようとしているのか悟り、典夫は反射的に逃げようとした。しかし、それよりも早く、膨張した亀頭が温かく濡れたところに吸い込まれる。

「うああ」

いきなり強く吸われ、のけ反って声をあげる。膝がカクカクと上下するのを、どうすることもできなかった。

彼女は漲《みなぎ》り棒を深く咥え込み、唇でモグモグと甘噛みしながら頭をあげる。くびれまで後退してから、再び口の奥まで迎え入れた。

小百合は舌を絡みつけてくれたが、唯花は唇でしごくようなしゃぶり方だ。刺激はこちらのほうが強めで、上昇を余儀なくされる。

（まさか唯花さんも？）

　このままザーメンを口で受け止めるつもりなのか。けれど、いよいよ頂上が迫ったところで、彼女は顔をあげた。濡れた唇を思わせぶりに舐《な》める。

「フェラは初めてでしょ」

　そうに違いないと、細まった目が決めつけている。

「いいえ。されたことならあります」

　典夫は息をはずませながらも、きっぱりと告げた。かなり強めに言い返したのは、馬鹿にされたくなかったのもそうだが、小百合があそこまでしてくれたのを無下にされた気がしたからだ。

　これに、唯花のほうも対抗心を抱いたようである。

「あ、そう」

　面白くなさそうにフンと鼻を鳴らし、からだを起こして立ちあがる。

「そこに寝なさい」

　ベンチを指差し、有無を言わせぬふうに顎をしゃくる。年上女性の迫力に圧《お》され、典夫はおどおどしつつ仰向けで寝そべった。

（え？）

心臓がバクンと音を立てる。彼女が頭のすぐ横に立ったからだ。視線をちょっと横に向けただけで、秘部が視界に入った。

もっとも、サウナ室内の明かりは暗めである。逆光の上に陰毛で隠されて、芯部はほとんど見えなかった。

ただ、それまでとは異なる匂いを嗅ぎ、ますます落ち着かなくなる。

(これって、ひょっとしたら——)

幾ぶんケモノっぽい、生々しい臭気。発酵しすぎたチーズっぽい趣もあるそれは、汗で蒸れた女性器が漂わせるものではないのか。

「オマンコの匂い、する？」

典夫が小鼻をふくらませたのに気がついたか、唯花が探るような目つきで訊ねる。女性がそんないやらしいことを言うなんてと、ドキドキが止まらない。

「あ、いえ」

いちおう否定したものの、取り繕《つくろ》った返答だとすぐにわかったらしい。

「けっこう濡れちゃってるから、くさいんじゃない？」

否定を無視して話を続ける。濡れたというのは汗のことかと思えば、

「あたし、サウナでからだが熱くなると、なぜだか疼《うず》いちゃうのよ。ズバリ、エッチ

したくなっちゃうってこと。エロい気分になってカラダが火照ってるって、脳が勘違いするのかもね」

露骨な告白に狼狽《ろうばい》する。濡れるとは、昂奮して性器が潤う意味なのだ。童貞の典夫にも、そのぐらいの知識はある。

唯花が陰部に指を添え、恥毛をかき上げる、秘園の佇まいを年下の男に見せようとしたわけではなく、痒《かゆ》くなって掻《か》いただけのようだ。

それでも、エロチックなしぐさであることに変わりはない。

「そういうわけだから、今度は典夫君がお返しをする番よ」

彼女がベンチに乗ってきたものだから、典夫は慌てた。背中を向け、膝立ちで胸を跨ぐと、こちらにヒップを差し出したのである。

からだつきはスレンダーだったが、臀部《でんぶ》は女性らしくぷりっとしている。思わず目を見開いたものの、じっくり観察するゆとりは与えられなかった。

「むぷっ」

予告もなく顔面に坐り込まれ、反射的に抗う。湿ったものが、まともに口許を塞いでいた。

次の瞬間、淫靡なパフュームが鼻奥にまで流れ込む。脳をガツンと刺激され、典夫は気が遠くなりかけた。

（……ああ、これが）

秘められた部分の、正直すぎる匂い。さっき水風呂につかったから、そこはいちおう清められたはずなのに、汗をかいて本来のかぐわしさを取り戻したらしい。

冷静に分析すれば、いい匂いとは判定しづらいであろう。なのに、典夫はこもるものを嬉々として吸い込んだ。まったく不快ではなかったし、女性の真実を知った気がして大昂奮であった。

おまけに目の前には、ふっくらした綺麗なおしり。柔らかさをダイレクトに感じているぶん、いっそう魅力的であり、たまらなくエロチックでもあった。

「ねえ、舐めてよ」

唯花が尻を縦に振り、恥芯を唇にこすりつけてくる。そこに至って、ようやく彼女の意図を理解した。

自らがしている行為の名称が頭に浮かんだのは、湿った裂け目に舌を差し入れ、塩気を味わったあとだった。

（おれ、クンニリングスをしてるんだ）

女性と親密な交際をすることになったら、是非ともしてみたかったことである。いきなりピストン運動で感じさせるのは難しいと、童貞ながら悟っていたため、舐めてイカせることならできるのではないかと考えた。そのためにはどこを攻めればいいのかも、アダルト方面のコミックなどで学んだ。

それに従って、敏感な突起を舌で探る。

「あ、あ、そこそこぉ」

狙いは間違っていなかったようだ。唯花があられもなく声をあげ、尻の谷をキュッとすぼめる。

(おれ、女のひとを感じさせてるんだ!)

初めてなのに、ここまでできるなんて。

これなら絶頂まで導けるかもと発奮し、クリトリスを一点集中でねぶる。舌探りでもポイントをはずすことなく、彼女を「あんあん」とよがらせることができた。

「じょ、じょうずよ。もっと舐めてぇ」

褒められて、ますます発奮する。舌を高速で動かし、汗と愛液と唾液の混濁汁を、ぢゅぴぢゅぴと卑猥な音をたててすすった。

「くううーン。き、気持ちいいッ」

艶声がサウナ室の厚い壁に反響する。

快楽奉仕に熱中し、典夫はからだを火照らせていた。ただでさえ高温の室内で、しかも顔面にもちもちした尻肉が密着しているのだ。クンニリングスに励むほど息苦しさが募り、全身に汗も滲む。

（ちょっとやばいかも……）

頭がぼんやりしてくる。これは熱中症の症状ではないかと危ぶんだとき、唯花が前屈みになった。このままだと年下の男を呼吸困難に陥らせると、配慮してくれたのか。視界が少し開ける。双丘の谷がぱっくりと割れ、底の部分が見えた。

（あ――）

典夫は目を瞠った。サウナ室の明かりが頭のほうにあるため、控え目な明かりでも谷底のツボミがしっかり確認できたのである。

（唯花さんのおしりの穴だ）

魅力的な年上女性の肛門は、キュッと引き結んだみたいなシワが綺麗に整っている。排泄口ゆえ、こんなところを見ていいのかと、背徳的な気分が高まった。

だが、最も見たいのは女性器だ。そこはまだ唇が触れているため、どれだけ目玉を下に向けても、視界に入ってこなかった、

もうちょっとおしりを浮かせてくれないかと、クンニリングスの途中だったことも

忘れて願ったとき、勃《た》ちっぱなしだったペニスを握られる。

「うぷッ」

塞がれた口から息の固まりを吐き出すと、再び屹立が温かな中に吸い込まれた。唯花がフェラチオを始めたのだ。

だったら自分もと、濡れた女芯に舌を這わせる。今度はすぐに秘核を狙わず、全体の佇まいをなぞった。視覚で確かめられなかったものを、触れた感じで明らかにしようとしたのだ。

だが、実物の女性器を見たことのない童貞が、そう簡単に複雑な形状を思い描けるはずがない。ネットの無修正動画などで目にしたそれと比較して、これがあの部分かなと想像するのが関の山であった。

その間に唇で執拗にこすられ、ちゅぱちゅぱと吸いたてられた分身が、歓喜の極みへと押しあげられる。

(あ、まずい)

気がついたときには手遅れだった。熱いトロミが煮え滾り、早く外に出たいと暴れ回る。

「むー、うーうー」

声が出せないものだから、典夫はひたすら呻き、ふっくらおしりをぺちぺちと叩いた。危機的状況だと、それで伝わったはずである。

ところが、唯花は口をはずさなかった。そればかりか、爆発を促すように頭を忙しく上下させる。下腹にめり込みそうに持ちあがった睾丸も、縮れ毛にまみれたフクロごとモミモミされた。

(ああ、駄目だ)

観念するなり、蕩ける愉悦が四肢の端まで行き渡る。自然と背中が反り返り、腰をガクガクと揺すりあげて、典夫は頂上に至った。

「むうううぅ」

熱い鼻息を可憐なアヌスに吹きかけながら、香り高い牡汁を勢いよくほとばしらせる。ほんの三十分も前に会ったばかりの、年上の女性の口内へ。

(……おれは初対面の女性の口に、精液を出す運命なんだろうか)

小百合もそうだったことを思い出し、妙なことを考える。そんなジンクスがあるのなら、これまでだっていい目にあっていたはずだし、とっくに童貞も卒業していたであろう。

オルガスムスの余韻の中、裸身をピクピクと痙攣させていると、上に乗っていた重みがなくなる。唯花が離れたのだ。

彼女はベンチから降りると、すぐさまサウナ室を出ていった。何かあったのかと心配になったものの、口内発射されたザーメンを吐き出すのだと気がついた。

(さすがに呑んでくれないか)

だが、そのほうがこちらも気を遣わなくて済む。そこまでしてもらうのは、さすがに申し訳ない。

一方で、あんなドロドロしたものを、躊躇なく喉に落とした小百合は、やっぱり思いやりのある素敵なひとだと思わずにいられなかった。なのに、彼女がいないあいだに、別のひとといやらしいことをしてしまうなんて。罪悪感もこみ上げる。

(おれは、小百合さんを裏切ったんだ)

恋仲になったわけでもないのに、胸の内で未亡人に謝罪する典夫であった。

4

間もなく唯花が戻ってくる。ついでに水風呂に入ったようで、すっきりした顔つきであった。

「あ、おれも——」

さすがに限界だと、典夫はからだを起こしかけた。水風呂に入らないまでも、いったん外に出ないと熱中症になってしまう。

けれど、唯花は許してくれなかった。

「いいから寝てなさい」

またベンチに乗ってきたものだから、典夫は諦めて背中を戻した。すると、彼女が身を重ねてくる。さっきのような逆向きではなく、普通に抱きつくかたちで。

（え——）

目の前に美貌が接近し、うろたえる。ひょっとしてキスをされるのかと思えば、唇は離れたままだった。

それでも、間近で見つめられ、心臓が音高く鼓動を鳴らす。

「気持ちいいでしょ」

唯花が裸体をくねらせる。汗で濡れた肌の上で。

典夫はようやく意図を察した。水風呂に入った女体はひんやりしており、それで火照ったからだを癒やしてくれるのだと。

おかげで、かなり楽になる。彼女の背中に腕を回し、撫でる余裕もできた。

「どんな感じ？」

訊ねられ、典夫は「いい気持ちです」と答えた。

「ねえ、こういうのは、前に経験がある？」

探る眼差しでの問いかけに、首を横に振る。

「いいえ、初めてです」

「それじゃ——」

唯花はふたりのあいだに手を入れると、射精して縮こまっていたペニスを握った。

「これをオマンコに挿《い》れたことは？」

またも卑猥な四文字を口にされる。やはり経験があるかどうか気になっていたのだ。

「ありません」

典夫は素直に認めた。ここまでしてくれたひとに、今さら取り繕う必要はない。

「やっぱりね」

童貞であると、最初から見抜いていたようである。

「でも、さっき言ったのは、嘘じゃないですから」

「わかってるわよ」

手コキとフェラチオに関しては。経験済みだと認めてくれたようである。もっとも、風俗嬢相手だと思われたかもしれない。

「じゃあ、本物のオマンコを見たことは？」

「ありません」

「見たい？」

「は、はい」

前のめり気味にうなずくと、彼女がクスッと笑った。

「じゃあ、見せてあげるわ」

身を剝《は》がした唯花が、典夫の上で逆向きになる。さっきと同じ体勢ながら、今度は膝をついてヒップを浮かせてくれた。

（ああ……）

胸に感嘆が満ちる。見たかったものが、目の前にあるのだ。

暗めの明かりで照らされた陰部は、濡れた恥毛が張りついている。その中心に、肉色の何かがはみ出していた。

無修正のネット画像や動画で見た女性器は、基本的な構造は一緒でも、かたちに個人差があった。ペニスに大小がある程度の違いではなく、全体の色合いやはみ出しの大きさなど、まさに千差万別だと思った。

唯花のそれもどんなふうになっているのか、じっくり観察したかったのである。ただ眺めるだけでなく、裂け目をくつろげ、隠されているところも暴きたい。

しかし、そんなことをしたら叱られる気がして、手を出せずにいた。未経験だからというより、根っからのへたれなのだ。

すると、彼女が女芯に指を添え、陰毛をかき分けてくれた。

「ほら、見える？」

どこかわくわくした声音《こわね》。年下の童貞青年に、女のカラダを教えることが愉《たの》しくてたまらない様子だ。

だからこそ腰を落とし、至近距離で観察させてくれたのだろう。

「ここがクリちゃん。さっき典夫君が舐めて、気持ちよくしてくれたところよ」

フード状のカバーをめくり、艶やかな桃色真珠をあらわにしてくれる。さらに、左右でかたちの違う花びらも大胆に開いた。

「オマンコの中はこうなってるの。オチンチンを挿れるところ、わかる？」

「……はい」

濡れ光る粘膜の中に、いびつな洞窟が見え隠れしている。獲物を捕らえようとする海底の生物みたいで、そこも生きているのだと悟った。

暑さがぶり返し、また汗が滲んでくる。昂奮してからだが火照ったせいもあるのだろう。股間に血流が集中する気配があった。

「じゃあ、もう一度舐めてくれる？　オチンチンが挿れられるように、しっかり濡らさなくちゃいけないから」

唯花の言葉にドキッとする。つまり初体験ができるのだ。

一瞬、小百合の顔が脳裏に浮かんだ。初めのセックスは、できれば好きなひととしたかった。

だが、彼女は年上で、しかも未亡人である。経験があり、女のヨロコビにも目覚めているのではないか。

だとすれば、対等な関係で結ばれるには、女性を知っておいたほうがいい。そのときにはしっかりと感じさせてあげるためにも。

女芯の指がはずされ、口許に迫ってくる。典夫は唯花のおしりを支えて受け止めると、湿った恥割れに舌を差し入れた。

「いいいッ」

嬌声とともに、モチモチのお肉がわななく。淫らな交歓への期待が高まっていたためか、感じやすくなっているようだ。

典夫の舌が秘核を捉えたのとほぼ同時に、彼女もペニスを口に入れた。舌をまといつかせ、まだ軟らかなものを唾液の中で遊ばせる。

「むふッ」

くすぐったい快さに鼻息をこぼしつつ、敏感な尖りを吸いねぶる。ヒクヒクと収縮するアヌスを眺めながら。

(あ、そうか。これってシックスナインだ)

今さらのように行為の名称を思い出す。これも是非やってみたかったことのひとつだ。本で読んで初めて知ったとき、互いの性器を舐めあうなんて、セックス以上にいやらしいと感じたのである。

それを本当にできる日が来るなんて。感動にも苛《さいな》まれ、舌づかいがいっそうねちっこくなる。

「むっ、ンッ、んふふぅ」

息をこぼしながらも、唯花が秘茎をしゃぶってくれる。悦びが高まり、海綿体が充血した。

「はあ——」

完全勃起した陽根を解放して、彼女が息をつく。唾液に濡れたそれをヌルヌルとし

ごき、

「若いのね。すぐ元気になったわ」

嬉しそうに報告した。

典夫のほうは、もうちょっと舐めていたかったのである。けれど、唯花がヒップを浮かせたため、秘苑が無情にも離れてしまった。

（ああ、そんな）

未練を抱いたのは、ほんの刹那《せつな》であった。

「それじゃ、しよ」

淫蕩《いんとう》な笑みを浮かべての誘いに、クンニリングスなどどうでもよくなる。是非とも体験したかったことが待ち受けているのだから。

「ベンチの上だと危ないから、下に寝て頂戴」

言われて、典夫はマットを敷き詰めた床に身を横たえた。唯花が腰を跨いでくる。

「あたしがしてあげるから、じっとしてて」

彼女は腰を落としながら言い、屹立を逆手で握った。騎乗位で交わるつもりなのだ。

こちらは初めてだから、導いてもらえるのは有り難い。

分身の切っ先が秘苑に触れる。こすりつけられることで、温かな蜜が粘膜にまといついた。熱さも伝わってくる。

頭をもたげ、繋《つな》がるところを目でも確認する。その瞬間を待ちわびていると、

(ああ、いよいよ)

「オチンチン、オマンコに挿れてあげるね」

卑猥な予告をして、唯花が重みをかけてきた。

最初に抵抗があった。入り口が狭いというより、完全に塞がっているところに突進するかのような。

ひょっとして、場所が違っているのではないか。危ぶんだところで、不意に関門が開く。

「あ、あ――」

唯花が声を洩らす。上体がすっと下がり、典夫は温かな締めつけの中にいた。

「ううう」

染み込むような快さを浴びてのけ反る。口に含まれたときとは、まったく異なる感触だった。

「……入っちゃった」

つぶやくように言った年上女性が、口許をほころばせた。

「硬いオチンチンが、オマンコの奥まで来てるのよ」

艶っぽい微笑に、彼女と繋がったことを実感する。

（おれ、とうとうセックスしたんだ）

童貞を卒業した感慨もこみ上げる。これで本物の男に慣れたのだ。

しかし、こんなのはまだ序の口であることを、間もなく知らされる。

「それじゃ動くね」

唯花が前屈みになり、両手を典夫の脇につく。ひと呼吸置いて腰の上げ下げを開始した。

「うあ、あ、ああっ」

声をあげずにいられないほどの歓喜が襲来する。挿入を遂げただけで体験したつもりになっていたが、大きな間違いであった。

膣《ちつ》内はただの穴ではなく、柔らかな凹凸《おうとつ》が無数にある。ヌルヌルした愛液をまとったそれがペニスに絡みつき、動くことで甘美な刺激を与えてくれるのだ。

（これがセックスなんだ！）

なんて気持ちいいのかと、感動と快感がふくれあがる。股間に当たる臀部の、ぷりぷりした弾力もたまらなかった。

「どう、初めてのエッチは？」

腰を休みなくはずませながら、唯花が質問する。

「気持ちいいです。最高です」

率直な思いを伝えると、彼女が嬉しそうに頬を緩めた。

「みたいね。オチンチン、すっごく脈打ってるもの」

体内で響くのがわかるのだろうか。実際、分身は絶頂間近みたいに、ビクンビクンと跳ね躍っていたのだ。

いや、実際、早くも頂上が迫っていたのである。

「あ、あの、おれ」

情けなく顔を歪めただけで、察してくれたらしい。

「イッちゃいそうなの？」

首をかしげられ、典夫は情けなさに苛まれつつ「は、はい」と認めた。

「いいわよ。このままイッちゃって」

そうなるとわかっていたみたいに、唯花が安請け合いをする。

「え、でも」

戸惑ったのは、彼女がまだ満足していないからだ。こうして交わったのは、サウナで疼いた肉体を鎮めるためのはずなのに。それに、妊娠は大丈夫なのだろうか。

「心配しなくても、今日は安全日だから」

典夫の不安を取り除き、彼女は腰づかいをいっそう大胆にした。すべての問題が解決したわけではなかったものの、すでに忍耐は崩壊間近である。

（ええい、だったらいいや）

蕩ける愉悦に負け、手綱を離す。直後に、意志とは関係なく裸身が波打った。

「あああ、い、いきます」

目の奥がキュウッと絞られる感覚に続いて、熱いものが強ばりの中心を貫く。

ドクンッ――。

さっきの口内発射以上に濃いものが出た感じがした。それだけ昂奮していたのと、快感が大きかったためだ。

「うあ、あ、あ、ううう」

声も抑えられない。からだのあちこちがビクッ、ビクンと電撃を浴びたみたいに痙攣した。

（これ、よすぎる……）

頭が朦朧《もうろう》とするほどの悦びにまみれ、最後の一滴まで心置きなく膣奥に注ぎ込む。

唯花が腰の上下運動をやめず、蜜穴で分身を摩擦し続けてくれたおかげもあった。

ヌチュッ、ぬちゃ――。

交わる性器が卑猥な粘つきをこぼした。

「あふぅ……」

放出が終わり、ひと息つく。オルガスムスの余韻の中、典夫はぐったりして手足をのばした。

ところが、年上女性の快い攻めが、そのまま継続されたものだから慌てる。

「え？　あ、ちょっと」

射精直後の過敏になった亀頭を、濡れヒダがリズミカルにこするのである。強烈なくすぐったさを伴う快感に、少しもじっとしていられなかった。

「ああ、ああ、だ、駄目です」

身悶え、呼吸を乱し、「や、やめてください」と懇願する。しかし、甘美な責め苦が終わることはなかった。上に乗られているから、逃れるのも不可能。

「ごめんなさい。許してください」

涙声で謝罪したのは、彼女の気分を害したせいだと思ったからである。思い当たることは、まったくなかったけれど。

唯花がようやく腰振りをやめてくれたのは、このままでは悶絶すると確信した直後であった。

「ふう」

ひと仕事やり遂げたみたいに息をつき、過呼吸を起こしそうに胸を上下させる典夫に目を細める。

「気持ちよかったでしょ」

言われて、素直にうなずけなかったのは、苦痛と紙一重の快感だったからだ。そのため、不満のほうが大きかった。

「酷《ひど》すぎますよ。おれ、死ぬかと思いました」

「大袈裟《おおげさ》ね。死んじゃうどころか、オチンチンはおっきなまんまじゃない」

「え？」

彼女の中で、分身は雄々しく脈打っていた。あれだけ深い満足にひたり、たっぷりとほとばしらせたあとだというのに。

（あ、それじゃ——）

唯花が逆ピストンをやめなかった理由をようやく理解する。刺激を与え続け、ペニスが萎えるのを防ぐためだったのだ。

「これならまだできるでしょ」

淫蕩に目を細められ、「ええ、まあ」と答える。勝ち気そうな面差しが、やけにチャーミングだった。

「じゃあ、今度はあたしがイクまで出さないでね」

やはり自身が満足するまで、やめるつもりはないらしい。

（からだ、持つかな……）

不安に苛まれつつも、典夫には彼女の期待に応える以外、道はなかった。

第三章　湯上がり妻の誘惑

1

ひとりで女湯の掃除をする典夫の胸には、モヤモヤが燻《くすぶ》っていた。

（……すごかったよな、唯花さん）

脳裏に蘇《よみがえ》るのは、二十七歳の年上女性。見た目の印象どおり、やはり体育会系だったようで、セックスもダイナミックだった。典夫に跨がり、貪欲に腰を振り続けたのだから。

『あああ、イクッ、イクッ、いっくぅうううっ！』

サウナ室にわんわんと響くアクメ声を張りあげ、彼女は昇りつめた。蜜穴がキュウキュウと締まり、二回も放精したあとだから、典夫はどうにか耐えられた。

同時に果てなかったのは、一度のオルガスムスでは、唯花が満足しないと思ったからだ。その予想はどんぴしゃりで、彼女は絶頂後に一分程度のインターバルを取っただけで、次を求めたのである。

『ね、後ろから挿《い》れて』

四つん這いになり、ケモノの体位で貫くよう要請したのは、典夫が受け身で童貞を喪失したばかりだったからだろう。

もしも正常位だったら挿入時ばかりか、腰の振り方もまごついたに違いない。だが、バックスタイルなら、膝立ちで腰を前後に振ればいいだけの話だ。ペニスが入っているところも目で確認できるし、自身の動きもコントロールしやすい。

典夫は唯花の指示に従い、角度や深さを調節して、最も快《こころよ》いところを突くように心がけた。サウナの暑さもあって、汗をだらだらと垂らしながら。牝尻にぶつかる下腹も、ぱちゅぱちゅと湿った音を鳴らした。

彼女を感じさせるべく奉仕することで、いたずらに上昇しないで済んだようだ。時間をかけることなく、女体を二度目のエクスタシーに導くことができた。

『イクイクイク、あ、あああっ、いやあああああっ!』

いっそう大きな嬌声を放ち、唯花が裸身をビクビクとわななかせる。尻の谷が幾度もすぼまり、内部が奥へと誘い込むように蠕動《ぜんどう》した。

彼女の乱れっぷりにも煽《あお》られ、典夫はこの日三度目の射精を遂げた。熱い蜜穴の奥へ、残っていたエキスをすべて注ぎ込んだのである。

そのときのことを思い返すだけで、全身が熱くなる。まるでサウナ室に入ったみたいに。

とは言え、あれは一昨日のことである。時間が経っているのに記憶が鮮明なのは、それだけ印象深かったからに他ならない。おまけにあれは初体験だったのだ。

終わったあと、唯花はすっきりした面持ちで水風呂に入った。水を頭からもかぶり、あとはタオルで簡単にからだを拭いただけで、素っ裸のまま女湯を出ていった。ショートカットで髪を乾かす必要がなかったのか。

彼女はそのまま戻らず、先に帰ったようであった。いったいどこで服を脱いだのかわからない。あるいはボイラー室から素っ裸で来たのだろうか。

典夫は疲れ切っていたものの、浴場をほったらかして帰るわけにはいかない。ガクガクする腰と膝を励まして、どうにかすべての掃除を終えることができた。

小百合が帰ってきたのは、その直後だった。

『ごめんなさいね、こんな遅くまで』

幸いにも、ひとりだったたから時間がかかったと思ってくれたらしい。シャワーで汗も流したから、サウナ室で淫らな行為に耽《ふけ》っていたとは露《つゆ》ほども思わなかったろう。

それゆえ、好きなひとを騙したようで気が引けた。

このあとも典夫ひとりに任せることがあるかもしれないと、その日、小百合は給湯やサウナの操作盤の使い方を教えてくれた。手順を書いた紙も脇に貼ってあったから、間違えることはなさそうである。

昨日はひびき湯の休業日だった。寝る前に日課のオナニーをしたものの、フィニッシュのときに浮かんだのは未亡人ではなく唯花であった。

初めてセックスをした女性なのだ。交わったときの快感も含めて、忘れられないのは当然である。けれど、飛び散ったザーメンの後始末をしながら気まずさを覚えた。

今日、小百合の顔を見るなり、典夫は嬉しくて泣きそうになった。昨日一日会えなかっただけなのに、久しぶりに会えた心持ちにすらなったのである。

ああ、自分はやっぱり、このひとが好きなんだ——。

他の女性に童貞を捧げたあとでも確信できた。なのに、今日も彼女は早く出なければならないという。

『今夜も夫の実家に行かなくちゃいけないんです』

どこか憂鬱そうだったから、まだ問題が解決していないのか。

気になったものの、事情を問うことはできなかった。あとのことは任せてくださいと告げるのが、典夫の精一杯であった。

かくして、今日も終業後にひとりで掃除をしている。

こうして女湯にいると、サウナでの初体験だけでなく、小百合に射精させられたことも思い出す。必然的に股間が熱を帯び、分身がムクムクと膨張した。

（まったく、おれってやつは……）

童貞時代とまったく変わっていない。一度体験したぐらいでは、本物の男になったと言えないのだろうか。

反省して掃除に集中することで、分身もおとなしくなる。もうすぐ終わりというところで、小百合が現れた。

「ごめんなさい。遅くなって」

息がはずんでいるところを見ると、少しでも早く戻って掃除をしようと思ったのか。

「ああ、いえ。もうすぐ終わりますから」

あとは水を流して、イスやタライを積み上げれば終わりだったのである。

「ご苦労様でした。終わったら離れに来てください。お茶でも出しますから」

「あ、すみません」

「じゃあ、あとで」

ひとり残されても、典夫の胸ははずんだ。家に招かれたことが嬉しかったのだ。

(お茶をご馳走してくれるってことは、小百合さんとゆっくり話ができるかも)

そんな時間が過ごせるのは初日以来だ。

気が逸《はや》るのをなだめて、最後まできっちり仕事をする。男湯のほうでシャワーを浴びていたのに、最後にまたざっとからだを洗った。エチケットのためというより、ちょっぴり期待があったからだ。

それから明かりを落とし、戸締まりを確認して裏手のほうに出た。

「こんばんは」

離れのドアを開けて声をかける。しかし、返事はなかった。

(あれ?)

怪訝《けげん》に思って中に入ると、小百合は茶の間にいた。湯呑みや急須が準備された卓袱台の脇で、ふたつ折りにした座布団を枕に横臥《おうが》していたのだ。入口側にいる典夫に背中を向けて。

トレーナーにジーンズという、いつもの飾らない装い。それでも、青い布がはち切れそうなヒップは色っぽく、視線を注がずにいられない。

「小百合さん」

もう一度呼びかけたが、反応はない。代わりに、かすかな寝息が聞こえた。

(眠ってるみたいだぞ)

来るのが遅かったから、待ちきれず横になっているうちに、寝落ちしたのだろうか。こんなことならシャワーなど浴びなければよかった。

とは言え、それほど悠長にしていたわけではない。早く小百合と顔を合わせたくて、かなり急いだのである。

なのに眠ってしまったのは、それだけ疲れていたためではなかろうか。

義実家でいろいろあって、肉体ではなく精神的に疲弊したのかもしれない。そう考えると起こすのも忍びなく、寝かせておいたほうがいいような気がした。

(だけど、このままだと風邪を引くかも)

毛布か何かないかなと、室内を見回したとき、

「んぅ」

小さく呻いた小百合が寝返りを打つ。仰臥して顔を天井に向けた。

(あ――)

ドキッとした。未亡人の寝顔が、あまりに愛らしかったからだ。もともと若く見えがちだった美貌が、いっそうあどけなく映る。

それに引き寄せられるみたいに、典夫は彼女の脇に膝をついた。

瞼を閉じているため、睫毛の長さが際立つ。やけに黒くしっとりして見えるのは、涙で濡れたせいかもしれない。

(泣いてたんだろうか……)

もしかしたら、亡くなった夫の家族にあれこれ言われたせいで。

小百合の味方になってあげなくちゃと思いつつ、典夫の目は、いつしか半開きの唇に吸い寄せられた。桃色のぷっくりしたそれは、口紅など塗られていないようながら、瑞々《みずみず》しい輝きを湛えている。

そのとき、不意に思い出した。

(おれ、まだキスをしてないんだよな)

唯花に童貞を奪われた日、あとで行為を反芻しながら、大切なことが抜けている気がしてならなかった。そして、ペッティングからセックスまで、ほぼフルコースで体験したにもかかわらず、唇同士のスキンシップがなかったのだと思い至った。

できれば童貞は小百合に捧げたい。初めて彼女に会った日から、典夫は希望を抱いた。その願いが通じたみたいに、柔らかな手指で分身を愛撫され、さらにフェラチオまでしてもらえた。二度も射精に導かれ、天国の気分を味わった。

残念ながら、純潔は別の女性に捧げてしまったけれど、それ自体は後悔していない。やはり体験していたほうが、小百合とするときもうまくできるはずだからだ。

それでも、せっかく未経験なのだし、ファーストキスは彼女としたかった。

眠っている隙に未亡人の唇を奪おうと考えていることに気がついて、典夫はさすがに躊躇《ちゅうちょ》した。いくらなんでも卑怯だし、ちゃんと経験したことにもならない。何よりも彼女に対する裏切りではないか。

もっとも、他ならぬ小百合自身が、典夫が気を失っている隙に童貞ペニスを弄《もてあそ》んだのである。目的そのものは異なれど、こっそりキスするのと変わらない。仮に気づかれ、咎められたって、あのときのことを持ち出せば、彼女も文句は言えないはずだ。

もしものときの防衛策まで考えて、後戻りができなくなる。好きだから許されるのだと身勝手な理由もこしらえて、典夫はそろそろと身を屈めた。愛しいひとの寝顔の真上に。

心臓がドキドキと鼓動を速め、鼻息も荒くなっていた。これでは気づかれてしまうと息を止め、かたちの良い唇に、自分のものをそっと重ねる。

ふに――。

柔らかなものがひしゃげる感触に、典夫は脳が沸騰するかと思った。

(おれ、小百合さんとキスしたんだ!)

眠っているあいだに奪っただけなのに、現実と乖離《かいり》した感動を抱く。好きなひととの親密なスキンシップが実現し、涙がこぼれそうであった。

そのとき、小百合がわずかに身じろぎをする。典夫が反射的に顔をあげた直後に、彼女が瞼を開いた。

「あ、ごめんなさい」

典夫の顔を認めるなり、急いで身を起こす。乱れた髪を整え、照れくさそうにほほ笑んだ。

「典夫さんを呼んでおいて寝ちゃうなんて。ダメですね、わたしったら」

「いいえ、きっとお疲れなんでしょう」

ねぎらいながらも、動悸《どうき》がなかなかおとなしくならない。不埒な行いを気づかれただろうかと、不安もこみ上げた。

「いいえ。ひとりで掃除をしていた典夫さんのほうが、ずっと疲れているのに。あ、そうだわ。お茶を――」

部屋の隅にあった電気ポットを卓袱台に載せ、小百合が急須にお湯を注ぐ。それから、不意に怪訝な面持ちを見せた。

「典夫さん、わたしが眠ってるとき、何かしました？」

質問に、典夫は内心で激しく動揺したものの、

「え、何をですか？」

平静を装って訊き返す。もっとも、声はいくらかうわずっていたかもしれない。

「あ、いいえ」

彼女がかぶりを振る。唇に違和感があったのかもしれないが、勘違いだと思ったらしい。

（卑怯者だ、おれは……）

典夫は自己嫌悪に苛まれた。

2

その女性客が来たのは翌日だった。終業時刻の三十分ほど前、午後九時半になろうかというときであった。

「あら」

カウンターにいた典夫を見て、わずかに首をかしげる。毎日のように通う常連ではなく、以前に何度か利用したぐらいではないのか。それでも、見慣れない従業員だと気づいたようだ。

典夫のほうも彼女とは初対面だった。そう言い切れるのは、以前にも会っていたら忘れるはずがないと確信したからである。

年は三十代の半ばぐらいであろうか。花柄のワンピースをまとった、華のある顔立ちの女性。連続ドラマの主役を務める女優にも少し似ていた。

腕に提げたビニールバッグも安っぽくないし、いかにもいいところの奥様というふう。事実、左手の薬指には、銀色の指輪がはめられている。

彼女は入場券を買い、典夫の前に出してニッコリと口許をほころばせた。

「お願いします」

品がありつつも艶っぽい笑顔に、思わずしゃちほこ張る。

「ご、ごゆっくりどうぞ」

初対面の青年が、明らかに緊張したとわかったのか、彼女は愉快そうに目を細めた。

そんな面差しにも色気が感じられる。

(……綺麗なひとだな)

彼女が暖簾《のれん》の向こうに消えるのを見送り、ふうとひと息つく。想いを寄せている小百合も年上だが、今の人妻はまた違った魅力があった。

そして、ふと疑問が浮かぶ。

(旦那さんがいるのに、ひとりで来たのかな?)

だいたい、いいところの奥様が、庶民が憩う銭湯など利用するだろうか。もしかしたら、訳ありなのかもしれない。

そんなことを考えて、ますます興味を惹かれる。お客は四、五十代以上がほとんどだし、ああいう美人のお客が珍しいためもあったろう。

彼女がこれから服を脱ぎ、風呂に入るのだ。気がつくなり、典夫はほとんど反射的に踵《きびす》を返した。後ろのドアを開け、番台に身をすべり込ませる。

(あのひとのハダカが見られるかも)

覗きなんて良くないと、もちろん承知している。けれど、こんな機会はそうそうないのだ。

すでに肌を晒《さら》している頃だと見当をつけ、典夫は真っ直ぐに立った。お金と商品のやり取りに使う小窓に、ゆっくりと近づく。

（あ、いた）

ロッカーに向かい、こちらに背中を見せているのは、さっき目にしたばかりのワンピースをまとった女性。間違いなく彼女だ。

脱衣所に、他の人間はいないようだ。少なくとも狭い視界の中には、美しい人妻ただひとり。これなら他の存在を気にすることなく、脱衣シーンを拝めるだろう。

ワンピースが肩からずらされる。白い背中の上側と、ブラジャーの肩紐が見えた直後、いきなり彼女がこちらを振り返った。

（ヤバい！）

典夫は咄嗟《とっさ》に身を屈めた。振り返った女性と、まともに目が合った気がしたのだ。

心臓がバクバクと音を立てる。もしかしたら彼女がこっちに来て、小窓から中を覗き込むのではないか。そう考えると動けなかった。

体勢を低くしていれば、少なくとも脱衣所からは、こちらの姿は見えない。息を殺し、時間が過ぎるのを待つ。

しばらくして、浴場の引き戸がカラカラと音を立てる。もう大丈夫かなとからだをのばし、脱衣所のほうを窺うと、さっきの場所に彼女の姿はなかった。

（助かった……）

典夫は胸を撫で下ろし、音を立てぬよう注意深く番台から出た。カウンターの中に立ち、ようやくひと息つく。

（あのひと、視線に気づいたのかもしれないな）

女性はそういうのに敏感だと聞いたことがある。ただ、番台の中は暗いし、あの小窓からは顔など見えなかったはず。せいぜい気配を察した程度だろう。

とにかく覗きなんて二度とやるまいと、典夫は心に誓った。

あとは新たな客もなく、入っていたひとたちが出て行くのみ。終業時刻間近になって、小百合がやって来た。

「そろそろ終わりですけど、男湯のほうを見てもらえませんか？」

言われて、脱衣所と浴場を確認すれば、誰もいなかった。

「こっちはみんな帰ったみたいです」

報告すると、小百合が「ありがとう」と礼を述べる。

「女湯も、あとおひとりだけですから、定刻で閉められますね」

「そうですか」

「お疲れ様でした。典夫さん、今日はこれでお帰りください」

「え、掃除は？」

「二回連続で、おひとりでされたんですから、今日はけっこうです」

任せっきりだったのを、彼女は申し訳なく感じていたようだ。

「じゃあ、小百合さんがひとりでするんですか？」

それはかえって申し訳ないし、胸が痛む。すると、未亡人が「いいえ」と答えた。

「河嶋さんが手伝ってくださいますから」

唯花の名前が出て、典夫はうろたえた。

「今日もボイラーの点検だったんですか？」

「いいえ。たまにサウナを使いにいらっしゃるんですよ。みんながいなくなったあとにゆっくり入りたいって。お金はもらいませんけど、その代わり掃除をしていただくんです」

そうまでして利用するということは、ひびき湯のサウナが気に入っているらしい。たっぷりと汗を流せるから、このあいだはムラムラを抑えきれず、居合わせた童貞青年に手を出したというのか。

ともあれ、小百合がいるところで、唯花と顔を合わせるのは気まずい。彼女があの日のことをべらべら喋るとは思えないが、態度や視線で何かあったと悟られる可能性はある。典夫のほうも、素知らぬフリをできる自信がなかった。

「わかりました。それじゃあ、今日はこれで失礼させていただきます」

「ええ、そうしてください」

そんなやりとりをしているところに、女湯のほうから最後の客が出てくる。麗しい人妻であった。

「ありがとうございました」

小百合が丁寧に頭を下げる。

そのとき、カウンターのほうを振り返った女性と目が合って、典夫は身を堅くした。彼女がかすかに笑ったように見えたからだ。


アパートに向かって歩き出し、二十メートルも進まないうちに、

「ひびき湯のお兄さん」

声をかけられてドキッとする。横を見ると、電柱の陰から女性が現れた。花柄のワンピースが目に入る前に、妖艶な微笑で誰なのかすぐにわかる。あの人妻だ。

「あ、ど、どうも」

落ち着かなく挨拶をしたのは、覗きを企てた後ろめたさゆえである。

「もうお仕事は終わりなの？」

問いかけの口調ながら、最初からわかっていたという顔つき。小百合との会話が耳に入ったのか。実際、典夫が来るのを待っていたようなのだ。

「ああ、はい」

「これから何か用事があるの？」

「いいえ、特には」

「だったら、わたしに付き合ってもらえないかしら」

唐突な申し出に、典夫は戸惑った。何しろ、銭湯のお客と従業員という、それだけの間柄なのだから。

「ええと、付き合うというのは？」

「わたしの家に来てほしいの。お茶をご馳走するわ」

それだけの用事で自宅に呼ぶなんて、どうも怪しい。何か裏があるのではないか。

彼女を魅力的だと感じたのは確かである。だからと言って、全面的に信頼できるわけではない。名前も素性も知らないのだ。

「あの、せっかくのお誘いですが――」

断ろうとしたものの、すべて言い終える前に弱みを突かれる。

「イヤだなんて言わないわよね。わたしが服を脱ぐところを覗いたんだから」

含み笑いで告げられ、典夫は絶句した。

（バレてたのか！）

番台の中に誰かいたとわかったのだ。そうなれば、該当する人物は限られる。はっきり顔を見たわけではなく、カマをかけているだけかもしれない。けれど、反論するタイミングを逸したため、結果的に自白したも同じであった。

「やっぱりね」

大きくうなずかれ、もはや否定できない。

「経営者の方に知られたくなかったら、わたしについてきなさい」

脅しを口にして、人妻が歩き出す。すっかり観念した典夫は、重い足取りで彼女のあとを追った。

3

道すがら、人妻は角田亜紀子《かくたあきこ》と名乗った。典夫のほうも名前と身分を明かす。

「いつからひびき湯で働いてるの？」

「日曜日からです」

「まだ日が浅いのね。なのに覗きをするなんて、いい度胸だわ」

手厳しいことを言われて、首を縮める。もっとも、口調は厭味《いやみ》っぽくなく、むしろ面白がっている印象を受けた。

(べつに責められるわけじゃなさそうだぞ)

最初は、覗き行為を糾弾され、金品を脅し取られるのかとビクビクした。だが、そこまでの悪意は感じられない。そもそも、こんな綺麗な女性が、酷いことをするとは思えなかった。

などと、女性に幻想じみた決めつけを抱いてしまうのは、まだ経験が少ないためだろうか。

亜紀子の住まいは、六階建てのマンションであった。入居者募集の看板があり、賃貸らしいがまだ新しい。高級感もあって、入り口のガラスドアも、玄関ホールの床もピカピカだった。

それこそ、典夫の安アパートとは雲泥の差である。

(家賃もかなり高そうだぞ)

夫の稼ぎがいいのか、恵まれた生活をしていそうである。いいところの奥様という第一印象は当たっていたらしい。

なのに、どうして銭湯に行くのだろう。一般庶民の生活を見てみたいという、女王様じみた発想からなのか。

低層のわりに大きなエレベータで最上階にあがる。角田家は通路の一番奥、角部屋であった。

「さ、どうぞ」

招き入れられ、典夫は緊張して頭を下げた。

「お、おじゃまします」

玄関をあがったところで、あることに気がついて足がすくむ。

(待てよ。旦那さんがいるんじゃないか?)

未遂だったにせよ、妻が男に脱衣場面を見られたと知ったら、激怒するのは確実だ。そうすると、夫と覗き魔を対決させるために、わざわざつれてきたのか。

「あ、あの、旦那さんは?」

焦り気味に訊ねると、亜紀子がきょとんとした面持ちで振り返る。

「いないわよ」

「え、いない?」

「出張なの。仕事が忙しくて、家を空けることが多いのよ」

そう答えた彼女の表情が、わずかに曇る。夫から叱ってもらうために招いたわけではないとわかり、典夫は胸を撫で下ろした。ただ、そうなるとますます目的が不明である。

(旦那さんがいなくて寂しいから、おれを話し相手にするつもりなのかな)

だとしても、年が離れているし、共通の話題があるとは思えない。それでも暇つぶしぐらいにはなると考えたのか。

「さ、どうぞ」

招かれたところはリビングであった。広々としたそこにはカウンター付きのダイニングキッチンもある。ＬＤＫというやつらしい。

(なんか、ドラマやＣＭに出てきそうな部屋だな)

ソファーも立派だし、テレビも大きい。こんなところに住みたいと、誰もが理想とする住まいの光景そのものに映る。古い家並みの残る下町にも、こういう近代的な暮らしをしているひとがいるんだなと、感心せずにいられなかった。

「ここに坐ってちょうだい」

勧められて、四人掛けのソファーに腰をおろす。クッションが柔らかく、尻がけっこう沈んだ。

（え？）

ドキッとしたのは、亜紀子がすぐ隣に坐ったからである。

ワンピースだから目立たなかったが、ヒップのボリュームがかなりあるようだ。からだが彼女のほうに傾きかけたものだから、典夫は慌てて足を踏ん張った。

ふわ――。

甘い香りが鼻腔に忍び入る。風呂上がりの女体が漂わせるのは、シャンプーやボディソープの清潔感溢れる香りだった。

おかげで、ますます落ち着かなくなる。お茶を淹《い》れる様子もないし、あれはただの口実だったのか。

「あの、こちらのお宅にもお風呂はあるんですよね」

当たり前のことを確認したのは、間が持たなくなりそうだったからだ。

「ええ、あるわよ」

「だったら、どうして銭湯に行かれたんですか？」

質問すると、亜紀子がじっと見つめてくる。何かまずいことを訊いたのだろうかと典夫は焦った。

すると、彼女が目を伏せ、ポツリと言う。

「ひとりで部屋にいたって、つまらないもの」

実感がこもった声音に、典夫は胸が締めつけられるのを覚えた。

(やっぱり寂しいんだ、亜紀子さんは──)

この様子だと、夫は家にいるときのほうが珍しいぐらいかもしれない。

昔からこの地に住んでいるのでなければ、友達も近くにはいないのだろう。いくら理想的な暮らしをしていても、ひとりぼっちでは満たされまい。銭湯に出かけるのは、誰かとの繋がりを求めてなのだと容易に想像がついた。

さりとて、あそこにも彼女と同世代の女性は少ない。女同士、裸の付き合いで、気が置けないお喋りに興じることもなさそうだ。

そこまで考えて、愛しい未亡人の顔が浮かぶ。

(小百合さんは、旦那さんが帰ってくることすらないんだぞ)

顔見知りになったお客や、ボイラー技士の唯花との交流はあっても、離れに帰ればいつもひとり。義実家ともうまくいっている感じがしない。ひびき湯の経営を頑張っているのは、夫の遺志を継ぐためばかりではなく、寂しさを紛らわせる意味もあるのではないか。

だったら尚のこと、自分が支えてあげなければと思ったとき、亜紀子が探るような眼差しを向けてきた。

「ところで、いつもあんなふうにお客のハダカを覗いてるの？」

ひと聞きの悪いことを言われ、焦ってかぶりを振る。

「そんなことしません。今日が初めてです」

「それじゃ、どうしてわたしを覗こうと思ったの？」

咎める目つきに追い込まれ、典夫は仕方なく本当のことを述べた。

「それは、亜紀子さんが魅力的だったから……」

一瞬、彼女の頬が緩みかける。たとえ覗きのターゲットにされても、年下の男から魅力的だと言われるのは、満更でもなかったのか。

しかし、そう簡単には納得できなかったと見える。

「典夫君、大学三年ってことは二十歳？」

「そうです」

「わたしは十六も年上なのよ。こんなオバサンを魅力的だなんてあり得ないわ」

つまり、亜紀子は三十六歳なのだ。だが、湯上がりの肌はツヤツヤしており、大人の女性らしい色気こそあっても、オバサンなんて蔑む言葉は似合わない。

「そんなことありません。亜紀子さんは綺麗だし、おれはひと目で惹かれたんです。

だから、悪いとはわかってたんですけど、誘惑に抗えなくて」

高齢のお客が多いから、尚さら彼女に目が行ったのである。だが、そんなことまで言う必要はない。

「誘惑って、わたしが無意識に誘ったってこと？」

人妻が不満げにこぼす。もちろん、そういう意味ではない。

「いえ、おれ自身の問題です。心の中の悪魔に勝てなかったというか」

説明すると、亜紀子はようやく納得した面持ちを見せた。

「つまり、わたしを女として見てくれたのね」

当たり前のことを口にされ、「そうです」とうなずく。すると、彼女がソファーから立ちあがった。

何が始まるのかと、典夫は他人事のように人妻を見あげた。けれど、彼女が身をもぞつかせたあと、ワンピースを肩からずり下ろしたものだから仰天する。

（え、え？）

脱衣所を覗いたときに目撃したのと同じ白い背中と、ブラジャーの肩紐が目を射る。

違っているのは、インナーの色が紺なことぐらいだ。入浴後に替えたのだろう。

あの場面を再現し、罪悪感を煽るつもりなのかと典夫は考えた。しかし、ワンピースが腰までずり下げられ、ウエストが細くくびれた上半身があらわになったことで、そうではないと悟る。

「あ──亜紀子さん」

喉の渇きを覚えつつ呼びかけると、彼女が振り返った。

「どうかしたの？」

訊ねられ、それはこっちの質問だと胸の内で突っ込む。

「いや、どうして脱いだんですか？」

「だって、これが見たかったんでしょ？」

腰で止まっていたワンピースが床に落ちる。ブラとお揃いの紺色のパンティが包む、豊かなヒップも晒された。レースで飾られた裾からは、おいしそうなお肉がぷりっとはみ出している。

（ああ、素敵だ……）

三十六歳のボディは、成熟した色香が匂い立つよう。さっきも嗅いだ湯上がりの匂いに、肌本来のかぐわしさがミックスされ、いっそう蠱惑的である。

おまけに、下着姿の抜群なプロポーションを、大胆に見せつけているのだ。

亜紀子が回れ右をする。正面から目にして、なかなかの巨乳であることも判明する。

ブラジャーのカップのあいだに、おしりの割れ目みたいにくっきりした谷間ができていたのである。

喉がぐぴっと鳴り、典夫は耳まで熱くなった。浅ましい音を、麗しい人妻に聞かれたと思ったのだ。

それでも、魅惑の女体から目を離すことができなかった。

「見過ぎじゃない？」

笑顔でたしなめられ、焦って視線をはずす。俯《うつむ》いて深呼吸し、（落ち着け）と自らに命じた。

どうして彼女はあられもない姿になったのだろう。思い出されるのは、唯花との戯《たわむ》れだ。サウナの熱で肉体を疼かせた彼女が、淫らな行為を迫ってきたように、亜紀子も年下の男を弄びたくなって、誘惑しようとしているのではないか。

それが最もあり得そうながら、そんな馬鹿なという思いもある。自分に男としての魅力があるのならともかく、こう立て続けにうまい話があろうものか。

（だいたい、そんなにモテるのなら、とっくに彼女ができていたし、初体験だって早々と済ましていたはずだろ）

好きな女の子に告白もできなかったへたれが、今になって女性を惹きつけられるはずがない。そう冷静に分析しつつも、もしやという可能性も捨てきれなかった。

（おれって、年上の女性にしかわからない魅力があるのかも）

たとえば、へたれなところが保護欲をそそり、母性本能をくすぐるとか。実際、唯花も亜紀子も年上ではないか。

これは典夫の願望でもあった。それならば、小百合にも好いてもらえるからである。自分はどんなふうに映るのか、思い切って亜紀子に訊いてみようとしたとき、

「嘘よ。もっと見ていいわ」

彼女が優しい声音で言う。典夫が（え？）と顔をあげると、彼女は両手を背中に回し、ブラジャーのホックをはずした。

たふん――。

浮きあがったカップの下から、たわわな双房がまろび出る。重みのため、雫のかたちで垂れたものの、綺麗なかたちをキープしていた。

（お、おっぱい――）

小百合、唯花に続いて、三人目のナマ乳だ。ボリュームは一番かもしれない。

人妻が前に膝をつく。距離が近くなったふくらみの頂上は、乳暈《にゅううん》の色が淡く、突起も小さめだった。

（旦那さんに、そんなに吸われてないのかな？）

清らかな眺めに、ふと疑問が浮かぶ。男性経験が多いと乳首の色が濃くなると、単純に考えていたのだ。

「それじゃ、お返しに典夫君のも見せてね」

彼女の手がズボンにかけられる。脱がされるのだとわかって、典夫は反射的に腰をよじった。

「あ、あの」

戸惑いを顔に出すと、亜紀子が不満げに眉根を寄せた。

「わたしのを見ておいて、自分は見せたくないっていうの？」

だが、彼女は明らかに性器をあらわにしようとしている。自身はパンティを脱いでいないのに。

もっとも、そんな反論をしたら、いやらしい子ねと非難されるに決まっている。典夫は諦めて、抵抗する意志を放棄した。

「それでいいのよ」

しなやかな指がズボンの前を開く。「おしりを上げて」と言われて従うと、ブリーフごとまとめて脱がされた。

（ああ……）

頰が熱くなる。いきり立つ分身がまる出しになったのだ。熟れたセミヌードを目の当たりにし、昂奮したのは間違いないが、勃起していた自覚はなかったのである。

「あら、もう勃ってたの？」

亜紀子が口許をほころばせ、嬉しそうに指摘する。典夫は居たたまれなかった。

「あうっ」

迷いなくのばされた手が、屹立を握り込む。ゾクゾクする感覚が背すじを駆けあがり、声を出さずにいられなかった。

「すごく硬いわ。やっぱり若いのね」

感心した面持ちでうなずいた人妻が顔を伏せる。唇が赤く腫れた亀頭に接近したものだから、いきなりフェラチオをされるのかと焦った。

しかし、彼女はくびれのあたりに鼻を寄せ、クンクンと嗅いだだけであった。

「え、ここ、洗ったの？」

驚いた顔を見せられ、典夫は困惑した。

「はい。バイトのとき、風呂に入らせてもらっているんです」

アパートに風呂がないことも合わせて説明する。

仕事があるから、そんなにゆっくりとつかっているわけではない。今日だって、蒸れやすい股間のみ丁寧に洗ったぐらいだ。そのため、脱がせるまで入浴後であるとわからなかったようだ。

「そうだったの……」

亜紀子が残念そうにつぶやく。若い男の真っ正直な性器臭を愉しみたかったらしい。

(けっこういやらしいひとなのかも)

というより、夫が仕事ばかりで相手をしてくれないものだから、不満が溜まっているのではないか。だったら自分も好きなことをしてやれと、自堕落に振る舞っているのかもしれない。

それでいて、強ばりを握る手指からは、慈《いつく》しむような思いが伝わってくる。

(小百合さんにしてもらったときも、こんな感じだったよな)

しっとりと包み込む感触が似ている。年上の余裕が、そんなふうに感じさせるのだろうか。

他に共通するものがあるとすれば、亜紀子は人妻で小百合は未亡人と、どちらも結婚している。夫に奉仕することで、指づかいに自然と情愛がこもるようになったのだとか。

（だから小百合さんのフェラチオは、あんなに気持ちよかったんだな）

初めてされたからというのも、もちろんある、だが、射精後に早々と二度目を噴きあげたのは、やはり快感が著しかったせいだ。

同じことをされた小百合の亡き夫に、またも嫉妬を燻らせたとき、亜紀子が牡根に舌を差しのべる。敏感な包皮の継ぎ目部分を、ぺろりとひと舐めした。

「くはッ」

不意を衝かれ、喘ぎの固まりが喉から飛び出す。ソファーの上で、腰がガクンとはずんだ。

「あら、敏感なのね」

他人事みたいに言って、同じところをチロチロと舐めくすぐる人妻。目のくらむ快美が生じて、ペニスが雄々しく脈打った。

「ああ、ああ、あああ」

堪えようもなく声をあげ、典夫はソファーの背もたれにからだをあずけた。

尿道が熱い。粘っこい先走りが芯部を伝う感じがある。すでに鈴口から、透明なそれが溢れているに違いない。

唇が真上に移動して、ふくらみきった頭部を徐々に呑み込む。粘膜に舌を這わせ、先走り汁と唾《つば》を混ぜて潤滑しながら。

程なく、棹《さお》の半ばまでが、温かな淵にすっぽりと入り込んだ。

ちゅぱッ——。

軽やかな吸い音が、脳に轟く快感を呼び込む。筋張った筒頭にも舌がまといつき、典夫は急速に高まるのを覚えた。

(まずいよ、こんなの……)

ハッハッと息を荒ぶらせながら、迫り来る歓喜の波と懸命に闘う。未だ彼女の意図が摑めないのであり、このまま口内にほとばしらせるわけにはいかなかった。

だが、悦《よろこ》びがからだの隅々まで浸透し、いよいよ限界が迫る。

(ううう、出る)

予告する余裕もなくほとばしらせようとしたとき、幸いにも亜紀子が口をはずしてくれた。

「ふう」

彼女はひと息ついて、濡れた唇を艶っぽく舐めた。

「美味《おい》しかったわ、典夫君のオチンチン」

言うほどの味はなかったはずなのに、うっとりした面差しを向けられて恥ずかしくなる。美味しいとは味覚そのものではなく、心情的な感想だったのだろう。

「じゃあ、続きはベッドでね」

誘いの言葉に、典夫は「はい」と深く考えもせずうなずいた。オルガスムス寸前まで追い込まれたせいで、まともな判断ができなくなっていたのだ。

4

寝室も広く、ほぼ中央にダブルサイズよりも大きなベッドがあった。

(ここで亜紀子さんは、旦那さんと――)

夫婦の秘めごとが行われる、他人には入り込めない聖域。美しい人妻が夫に抱かれ、切ない声をあげる場面を想像し、胸が焦がれるようだった。

しかしながら、男の痕跡はほとんど感じられない。

ひとつの壁をウォークインクローゼットが占めるここは、亜紀子の部屋も兼ねているらしい。瀟洒《しょうしゃ》なドレッサーや姿見、美容関係の本や雑誌が並ぶ棚もある。室内に漂うのは、化粧品の官能的なかぐわしさであった。

亜紀子がベッドに進み、掛け布団をめくる。パンティを脱いで全裸になると、典夫に流し目をくれながらシーツの上に身を横たえた。

「さ、来て。ちゃんと全部脱いでね」

呼ばれて、いよいよなのだとナマ唾を呑む。ふたりとも素っ裸でベッドに入るとなれば、当然セックスをするのだ。

サウナ室での初体験に続き、人妻とする機会にも恵まれるなんて。これまで女性に縁がなかったぶん、幸運が一気に押し寄せてきたというのか。

(神様は、ちゃんと見ててくれたってことなんだな)

信仰心などないくせに有り難がり、服を脱ぐ。リビングで下を脱がされ、フルチンのまま連れてこられたから、あとは上半身の衣類のみだった。

(――いや、運が向いてきたのは、小百合さんに会ってからなんだよな)

一糸まとわぬ姿になり、ベッドに足を進める。麗しの未亡人にひと目で恋に落ちたときから、すべてがいい方向に動き出した気がする。

つまり、亜紀子と結ばれるのも、彼女のおかげだと言える。

そんな都合のいい解釈をしたのは、人妻との行為に後ろめたさがあったからだ。小百合に対する裏切りだという思いを拭《ぬぐ》い去れなかった。

すでに唯花を相手に童貞を卒業しているのであり、今さらなのは確かである。もっとも、あの場合は、体験しておけば小百合との本番で失敗しなくて済むという大義名分があった。

一方、今回は誘惑に乗っただけなのだ。しかもきっかけとなったのは、自身の覗き未遂行為。弁明になり得る理由などない。

さりとて、今さら逃げるわけにはいかず、そんな気持ちにもなれない。典夫は緊張を隠せぬまま、大きなベッドに上がった。

「いらっしゃい」

亜紀子が両手を差しのべて招く。美熟女にそこまでされて冷静でいられる若い牡など、果たして存在するのだろうか。

「は、はい」

典夫はガクガクとうなずき、甘い香りをたち昇らせる女体に重なった。

（ああ……）

泣きたくなるほどの感動が押し寄せる。

こんなふうに全裸で抱き合うのは、唯花に続いてふたりめだ。けれど、感触は丸っきり異なっていた。

サウナ室ではふたりとも汗まみれで、ヌルヌルとすべったのである。今はそんなことはなく、柔肌本来のなめらかさを堪能することができる。ボディの弾力とも相まって、無性にジタバタしたくなる心地よさであった。

「ねえ、キスして」

おねだりした人妻が瞼を閉じ、唇を差し出す。大人の女性らしい艶っぽさがあどけなさに変わり、典夫はますますときめいた。

そのくせ、またも小百合を思い出す。つい昨晩、未亡人の愛らしい寝顔に抗いきれず、キスをしたばかりだったのだ。

そのときと似たような心境に陥り、ためらいもなく唇を重ねる。ほんのり湿ったそれがふにっとひしゃげ、自分のものと溶け合う心地がした。

ゆうべは唇をふれあわせただけだったが、くちづけで舌を入れることぐらい知っている。小百合が起きたらまずいと、そこまではしなかった。

今ならそれができると思っても、今度は勇気が出ない。これは経験の乏しさと、へたれゆえである。

しかし、三十六歳の人妻は、こんな子供っぽいキスでは満足しなかった。

亜紀子は典夫の後頭部に両手を添えると、自ら舌を差し出した。唇のあいだに割り込ませ、歯の内側への侵入を試みる。

かぐわしい吐息に、典夫は反射的に口許を緩めた。すると、トロッとして甘い唾液をつれた舌が、深く入り込む。

ピチャピチャ……。

口内を舐め回されてうっとりする。そこまでされれば、自分もお返しをという心境になるのは必然だ。

ふたりの舌が戯れあう。ヌルリと絡ませるなり、くすぐったい快さが広がった。

(これが大人のキスなのか!)

正直、経験するまでは、くちづけは前戯ですらなく、挨拶程度のものという認識だった。それは大きな間違いだと経験して悟る。脳に近いところでふれあっているためか、親密な繋がりを感じるのである。

謂《い》わば、唇と舌によるセックスだ。

舌を絡めながら、ふたりはベッドの上で転がった。互いの肌を撫で、この上なく官能的な気分にひたる。

長いくちづけを終えると、濡れた目が見つめてくる。熱情を湛えたそれは、より深い交わりを求めていた。

「ね」

　亜紀子の手が、ふたりのあいだに入り込む。彼女の下腹に押しつけられていた強ばりを迷いなく握った。

「すごいわ。こんなにギンギンになって」

　多量に溢れたカウパー腺液で、亀頭はヌルヌルだった。そこを指でこすられた途端、甘美な震えが全身に行き渡る。

「ああ、あ、駄目」

　典夫は焦り、腰を引いた。しかし、手遅れであった。

「え、どうしたの？」

　戸惑いを浮かべた人妻が、握り手に力を込める。それが抗いがたい悦びをもたらし、忍耐がやすやすと粉砕された。

「ううう」

　目のくらむ快感に負け、典夫は射精した。熱い体液を熟女の柔肌目がけて、ドクドクと撃ち出す。

「え、え、嘘」

　亜紀子は驚きながらも、脈打つ若茎をしごいた。男は精液が出るときに刺激されるのが気持ちいいと知っていて、無意識にそうしたのかもしれない。

おかげで、典夫は蕩《とろ》けるような悦びに裸身をわななかせ、長々とほとばしらせた。

香り高い牡汁の後始末を終えた亜紀子が、顔を覗き込んでくる。

「典夫君って童貞なの？」

気怠い余韻の中、胸を大きく上下させていた典夫は、彼女の問いかけに瞼を開いた。

「いえ、違います。でも、まだ一回しか経験がなくて」

正直に答えたのは、あっ気なく爆発したあとでは、見栄を張っても仕方がないと思ったからだ。

「それじゃあ、しょうがないわね」

うなずいた人妻が、秘茎に指を巻きつける。たっぷりと放精し、力を失っていたものに。

「うう」

じんわりと沁《し》みる快さに、典夫は腰をよじった。

「もしかして、リビングでフェラされたときもイキそうになってたの？」

「はい」

「だったら、ちゃんと言えばよかったのに」

「すみません……」

素直に謝れたのは、慈しむような眼差しを向けられ、甘えたくなったからだ。どんな失敗も、彼女なら許してくれそうな気がした。

「ま、いいわ。若いから、またすぐ元気になるわよね」

艶っぽい微笑をこぼし、亜紀子が顔を移動させる。手にした牡器官の真上に。

そこはティッシュでぬぐっただけだから、まだベタついている。握られた感触からも、そうとわかった。

にもかかわらず、彼女は躊躇なく口の中へ迎えたのである。

「え？　あ、あああっ」

射精後で敏感になっているイチモツを、唾液をたっぷりと溜めた中で泳がされる。舌も戯れて、強烈なくすぐったさが生じた。

「ンふ」

鼻息をこぼし、軟らかな器官を熱心に吸いたてる美熟女。夫婦生活で培ったのか、それとも過去の男性遍歴で身に着けたのか、男を歓ばせるテクニックに翻弄《ほんろう》され、典夫は「ああ、ああ」と声をあげながら身をよじった。

「お、おれも、亜紀子さんのを舐めたいです」

必死で声をかけたのは、一方的に施しをされるのが申し訳なく、お返しをしたかったからだ。

亜紀子はフェラチオを続けたまま、からだの向きを変えた。典夫の胸を跨ぎ、ヒップを差し出す。

（わあ）

ボリュームのある丸みが迫ってくる。巨大なお餅を並べたみたいな双丘がぱっくりと割れ、淫靡な恥帯をあからさまにした。

むわん――。

蒸れた匂いが漂う。見れば、さほど濃くない秘叢が囲む恥芯は、花弁の狭間に薄白い蜜を溜めていた。さらに、腿の付け根から尻の谷間にかけても、霧を噴いたみたいなきらめきがあったのだ。

（もう濡れてたのか！）

さっきの抱擁とくちづけで昂《たかぶ》ったのか。いや、その前にリビングで口淫奉仕をしたときから、密かに愛液を滲ませていたのかもしれない。おまけに、意外と汗っかきでもあるらしい。

そのため、銭湯で清めたはずの股間が、正直な女くささを取り戻したようだ。

（これが亜紀子さんの匂いなのか）

ヨーグルトを連想させる乳酪臭。なまめかしいパフュームに劣情が沸き立つ。彼女にしゃぶられる分身に、血液が殺到するのがわかった。

だからと言って、見て嗅ぐだけで終わらせるつもりはない。たわわな丸みを両手で摑み、典夫は自らのほうに引き寄せた。

「んんっ」

亜紀子が咎めるように呻いたときには、顔面に柔らかな重みがのしかかっていた。

（おお、すごい）

濃密さを増した淫臭が、鼻をとおって脳にまで流れ込む。もっちりした尻肉との密着感と、頬に当たる肌のなめらかさもたまらない。

スレンダーな唯花より、人妻のおしりはひと回り以上も大きい。顔全体が潰されるようで、油断したら窒息するかもしれない。にもかかわらず、典夫は鼻息が荒ぶるほどに昂奮した。

舌を出し、濡れた裂け目を探る。それだけで、顔に乗った豊臀がビクッと痙攣した。

（かなり感じやすくなってるみたいだぞ）

それだけ彼女も昂っているのだ。

ずっと年上の人妻をよがらせることができれば、男としての自信にも繋がる。典夫は心を込めて舌を這わせ、敏感なところを探索した。

「んっ、むふッ、ふううう」

亜紀子の息づかいがせわしなくなる。ペニスをしゃぶる余裕もなくなったか、口に入れたモノを吸いたてるので精一杯というふうだ。

成熟した肉体を、彼女はこんなふうに愛してもらいたかったのではないか。なのに夫は仕事で忙しく、満足に抱いてもらえなかったら、他の男を代わりにしたくなるのも無理はない。

そんな人妻に、典夫は情欲の目を向けてしまったのである。仕事中だったにもかかわらず。彼女にしてみれば、セックスの相手をしてくれる若い牡が、都合よく見つかったというところだろう。

実際にそうだとしても、蔑む気にはならない。むしろ、自分に正直なところに好感が持てる。相手に選ばれたのも光栄だ。

だからこそ、もっと気持ちよくしてあげたいと、丹念に舌を使ったのである。

「ぷはっ――――」

亜紀子が肉根を吐き出し、ハァハァと息をはずませる。唾液に濡れた亀頭に、ナマ暖かい風が当たった。

「ね、オチンチン、また大きくなったわよ」

言われて、いつの間にか復活していたことに気がつく。しなやかな指が巻きついたそれは、雄々しい脈打ちを呈していた。

(挿れてほしいんだな)

わかっていたのに、クンニリングスを続ける。敏感な肉芽を舌先ではじくと、「あひっ」と鋭い声がほとばしった。

「ね、ねえ、これ、ちょうだい」

手にした屹立をしごきながらのおねだり。そこまで強く求められたら、焦らすのは可哀想だ。

彼女が腰を浮かせる。典夫がおしりから手を離すと、脇にころんと寝転がった。

「ねえ、来て」

すぐさま両手を差しのべ、交わりをせがむ。トロンとした目が、やけに淫蕩だ。

「あ、はい」

典夫も気を逸らせ気味に身を起こすと、女体に覆いかぶさった。

(ちゃんとできるかな)

今さら不安を覚えたのは、正常位の体勢だったからである。まだ受け身の騎乗位とバックスタイルしか経験がないのだ。

そんな内心を察したかのように、亜紀子がふたりのあいだに手を入れる。硬く反り返った陽根を握り、自身の中心へ導いた。

「ここよ」

切っ先を恥割れにこすりつけ、潤滑までしてくれた。

「正常位は初めて？」

「はい」

「だいじょうぶだから、焦らずゆっくりね」

優しく励まされ、気持ちがすっと楽になる。典夫は「わかりました」とうなずき、そろそろと腰を沈めた。

肉槍の穂先が狭いところを圧し広げる。抵抗はわずかで、徐々に開く感覚があった。

(あ、入りそうだ)

そう思った直後、亀頭がヌルリともぐり込む。あとはスムーズに進み、根元まで甘美な締めつけを浴びた。

「おおお」

堪えきれずに呻くと、亜紀子が首に腕を回してくる。引き寄せられて美貌がアップになり、ふたりの唇が重なった。

上と下で繋がり、性器と舌を深く絡め合う。深いくちづけにうっとりしながら、典夫は無意識に腰を振っていた。

ぬちゃ――。

蜜穴の粘つきが、音ではなく皮膚感覚で伝わってくる。まだ大胆には動けず、小刻みな抽送《ちゅうそう》ながら、陶酔《とうすい》の心地にひたった。人妻とのディープキスも、性感を高めてくれたようである。

息が続かなくなり、唇をはずす。亜紀子が色っぽい目で見あげてきた。

「オチンチン、硬くって気持ちいいわ」

ストレートな感想に、腰の裏がゾクッとする。

「おれも気持ちいいです」

「いいわよ。好きなように動いてみて」

彼女は両脚を掲げると、典夫の腰に絡みつけた。結合部が上向いて、より動きやすいかたちになったようだ。

実際、腰を上下にはずませると、蜜穴を深々と貫くことができた。

「あ、あ、それいい」

婿声に煽られて、腰の振れ幅が大きくなる。それでもペニスは膣からはずれることなく、ストロークの長い抽送で熟れボディを攻められた。

（うう、気持ちいい）

典夫もうっとりする歓喜に酔いしれた。唯花と交わったときよりも、一体感が強い。正面で抱き合い、肌をしっかりと重ねているからだろう。

（これが本当のセックスなんだ）

またひとつ、大人の階段をのぼった実感が湧く。

「ああっ、あ、あん。こ、こんなの、久しぶりよぉ」

あられもなくよがる亜紀子は、蕩けた表情が妖艶だ。荒ぶる呼吸が典夫の顔に吹きかかり、生々しさを増したかぐわしさに陶然となる。

「ね、ね、わたし、イッちゃうかも」

早くも頂上に向かいつつあるのは、内部の変化からもわかった。キュッキュッとすぼまる間隔が短くなり、奥まったところがかなり熱くなっている。

「いいですよ。イッてください」

さっきは握られただけで果ててしまったが、今はまだ余裕があった。リズミカルに腰を打ちつけると、人妻が「おぅおぅ」と低い喘ぎをこぼす。

「ううう、ほ、ホントにイク」

裸体が強ばり、膣口の締めつけが顕著になる。輪っかが肉胴をこすり、典夫は危うくなりかけたものの、どうにか耐えた。

「う、あ、あああっ、い――イクっ、イクッ、くぅううっ！」

背中を弓なりにして、亜紀子が昇りつめる。「あふっ、ハッ」と太い息を吐き出し、からだのあちこちをビクビクとわななかせた。

「ふはぁ――」

ぐったりして手足を投げ出した彼女から、典夫はすぐに離れなかった。まだやりたいことがあったのである。

第四章　忘れ物は美女の下着

1

「え、なに？」

絶頂後も、典夫がピストン運動をやめなかったものだから、亜紀子は眉をひそめた。

彼女の中で、分身は最高の硬度を保っている。雁首《かりくび》の段差も際立っているはずだ。それがオルガスムスの引いていない膣内をかき回すのである。

「ちょ、ちょっと、ダメ」

彼女が焦りを浮かべたのもかまわず、女芯を抉《えぐ》り続ける。グチュグチュと卑猥な音が立つほどに。

「あああ、イヤイヤ、い、イッたのよぉ」

身をよじって抗う人妻を組み伏せ、典夫は気ぜわしい腰づかいで攻めまくった。

こんなことをしたのは、唯花の甘美な責め苦を思い出したからだ。射精後も騎乗位でマウントを取られ続け、ペニスが萎えるのを許されなかった。

女性の場合は、昇りつめてもなお抽送されたらどうなるのか、単純に興味があった。典夫自身、悶絶しそうになりながらも、気持ちよかったのは確かなのだ。だから亜紀子も徹底的に感じさせたかった。

実際、彼女は乱れまくったのである。

「ば、バカぁ、あ、あ、しないでぇ」

なじり、嘆き、すすり泣いて身悶える。それでいて悦びにも抗えず、快いポイントを貫かれて「あひッ」と鋭い声を発した。

「そ、そこダメぇ」

抗う言葉とは裏腹に、再び両脚を牡腰に絡ませる。内部のヒダも、もっとしてとねだるみたいに強ばりにまといついた。

「あううう、ま、またイッちゃう」

息づかいが荒くなる。蜜穴がすぼまり、出し挿《い》れされる陽根をキュウキュウと締めつけた。

それにより、典夫にも限界が迫る。

「お、おれも出そうです」

爆発が近いのを訴えると、人妻がガクガクとうなずいた。

「いいわ。な、中にちょうだい」

告げるなり、「あああっ!」とひときわ大きな声を放った。

「イクッ、イクッ、イクイクイクぅううっ!」

オルガスムスに至って暴れる人妻を押さえ込み、容赦なく腰を叩きつけたところで堰《せき》が切れる。

「う、うううう」

目のくらむ歓喜に呻き、射精する。剛直の中心を何度も駆け抜ける熱い潮が、膣奥を満たした。

「あふぅ、あ、あったかい……」

ほとばしりを感じたか、亜紀子が裸身をヒクヒクと波打たせる。柔ヒダが奥に向かって蠢《うごめ》き、駄目押しの快感を与えてくれた。

(最高だ……)

汗ばんだ女体にからだをあずけ、典夫は神経が甘く蕩ける余韻にひたった——。

「――典夫さん」

声をかけられ、我に返る。

「え？　あ」

小百合が困った顔でこちらを見ているのに気がつき、思わず直立不動になる。アルバイトの真っ最中だったことも思い出した。

「な、なんでしょうか」

「いえ、何だか心ここにあらずに見えたものですから」

それもそのはずで、人妻との淫らすぎる一夜に思いを巡らしていたのだ。気がつけば、ズボンの前にみっともないテントができている。

幸いなことに、典夫はカウンターの中にいた。外側にいる小百合には、見られずに済んだようである。

「すみません。ちょっと考え事をしていたもので」

本当のことが言えるはずないから、曖昧な説明で誤魔化す。彼女は「そうですか」とうなずき、言いにくそうに口を開いた。

「あの……申し訳ないんですけど、今日も掃除のほう、お願いできますか？」

「もちろん大丈夫です」

「すみません。いつも典夫さんに負担をかけてしまって」

小百合は恐縮していたが、典夫がひとりで掃除をしたのは、まだ二回だけだ。一昨日は唯花が手伝うからと、先に帰らせてもらえたのである。

そのあとで、人妻の亜紀子と悦楽のひとときを過ごしたわけだが。

昨日の土曜日は大学が休みで、ひびき湯の営業も午後一時からだった。典夫は始業から勤め、いつもより長く小百合と一緒に過ごせた。

掃除もふたりで分担し、終わったあとパック牛乳をご馳走してもらった。この上なく充実した時間を過ごせて幸せだった。

だから、負担だなんてこれっぽっちも感じていない。彼女のために何かできるのなら、それだけで満足だったのだ。

もちろん、できることならば、仕事終わりまで一緒にいたかったけれど。

「そんなに気を遣わないでください」

思い切って申し述べると、小百合が「え？」と訊き返した。

「おれはバイト代のためだけじゃなくて、ひびき湯と、小百合さんのために働いているんです。ここに来て、まだ一週間しか経ってませんけど、ひびき湯が好きだし、小百合さんのお役に立ちたいんです。だから、何でも言いつけてください」

「典夫さん……」

「それから、おれはまだ若いし、学生だから、相談されてもアドバイスなんてできっこないと思います。でも、愚痴を聞くぐらいならいくらでも引き受けます。気が向いたら、何でも話してください」

「……ありがとう」

未亡人が涙ぐむ。感謝の言葉に、典夫も胸が熱くなった。ふたりの気持ちがしっかりと通い合うのを感じたのである。

それにしても、年上の女性にここまで言えるなんて。自身の変化に、誰よりも典夫が驚いていた。

どうやら年上の女性たちとの体験が、男としても人間としても成長させてくれたようである。

セックスはまだ二回だけ、経験人数もふたりだ。けれど、あれだけ濃密な時間を過ごせば、女性に対して自信が持てるようにもなるだろう。

何しろ、年上の女性たちを絶頂させられたのだから。相手が積極的で、女のヨロコビに目覚めていたおかげもあったが。

特に人妻の亜紀子とは、明け方近くまで快楽を貪《むさぼ》った。彼女の中にたっぷりとほとばしらせたあと、いったんシャワーを浴び、寝室に戻って素っ裸のままイチャイチャした。

そんなことをして、若い牡がおとなしくしていられるはずがない。再び膨張した分身をしごかれ、しゃぶられる。典夫もお返しに秘苑をねぶり、互いを高めあった。

そのあと、亜紀子にリードされ、様々な体位で交わった。どうすれば感じるのかも教わり、ピストン運動のリズムや角度を学んだ。

彼女は数え切れないほど頂上に達し、典夫もさらに二回、彼女の中で果てた。翌日のバイトに遅刻しそうになるほど体力を消耗したが、ひと晩でかなりのテクニックを身につけられた。

会得したのは性的な技能ばかりではない。行為のあとのピロートークで、女性とどう接するべきかも教えられた。

『女がほしいのは共感と支えなの。男は言葉だけで優しさを示すんじゃなくて、しっかりと寄り添ってあげなくちゃいけないのよ』

『セックスでも、自分だけ気持ちよくなればいいなんてのは、男として最低ね。ちゃんと相手を感じさせなくちゃダメ』

亜紀子に言われたことを、典夫は自分の中で嚙み締めた。その脳裏に浮かんでいたのは小百合である。愛《いと》しい未亡人のために何ができるだろう、どう接すればいいのかと懸命に考えた。

だからこそ、こうして彼女を励ますことができたのだ。

「じゃあ、あとのことは典夫さんにお任せします。わたしは今夜は帰れないと思いますので、施錠のほうもお願いします」

「え、帰れないって？」

「義実家に泊まるよう言われてるんです」

ひょっとして一晩中責められるのかと心配になったが、義実家のひとびともそこまではしまい。ただ、いつもより時間をかけて話し合うのではないか。

（本当にひびき湯がなくなったら、おれはどうすればいいんだろう……）

銭湯は他にもあるけれど、気にかかるのは自身の風呂の問題ではない。小百合のこれからなのである。夫を亡くし、彼が遺《のこ》したものまで奪われたら、生きがいまで無くしてしまうのではなかろうか。

他人の立場では、家の事情に口出しなどできない。ここで働かせてもらっていても、まだたった一週間なのである。

それでも、何かできることはないかと焦れるあまり、

「あの、旦那さんのご家族と、ひびき湯のことで揉めてるんですか？」

つい立ち入ったことを訊いてしまった。

「え？」

小百合が驚きを浮かべる。どうしてわかったのかと言いたげな面持ちながら、悟られても不思議ではないと理解したらしい。

「揉めてるってほどではないんですけど……」

と、遠回しに認めた。

「だったら、おれが小百合さんの力になります。何なら、ご家族の皆さんと話をしてもかまいません。ひびき湯は、おれにとっても大事なものだから」

この申し出に、彼女がかぶりを振る。

「いいえ。そこまでしていただかなくてもけっこうです」

強い口調の返答に、典夫は戸惑った。

「で、でも」

「これは、わたし自身の問題なんですから」

おそらく、アルバイトの青年を巻き込んではならないと思い、強い意志を示したの

だろう。だが、きっぱりと拒絶されたようで、典夫は疎外感を覚えた。

(……おれは、小百合さんに信用されてないんだな)

悔しかったし、悲しかった。

2

小百合が去ってひとりになったあと、時間が経つにつれて苛立《いらだ》ちが募る。典夫は次第に荒《すさ》んだ心持ちになった。

『そこまでしていただかなくてもけっこうです……これは、わたし自身の問題なんですから――』

彼女の言葉が蘇るたびに胸が痛み、やるせなさが募った。

(小百合さんにとって、おれはほんのコドモなんだな)

十歳も年下なのは事実である。だが、もう二十歳だし、酒も煙草も許される年齢なのに。

認められるには、もっと経験を積まなくてはいけないというのか。そう考えて、自分に足りないものに気がついた。

（おれ、年上の女性としかしたことがないんだよな）

常にリードされていたし、唯花と亜紀子をセックスでイカせられたのも、アドバイスに従って動いた結果なのである。人妻相手に様々な体位を試したときだって、ほとんど言いなりだった気がする。

つまり、能動的に異性と交わった経験がないのだ。

童貞を卒業して日が浅い上に、甘美な出来事が続いたせいで、典夫はなんでも性的に捉えるクセがついてしまったようだ。そのため年下か、せめて同い年ぐらいの子とセックスをしなければならないと、いつしか本気で考えていた。

さりとて、どうやって相手を見つければいいのだろう。

ふたりの年上女性と体験できたのは、向こうが誘ってきたからである。しかし、自分から誘えるだけの度胸をつけるべきだ。

そう結論づけたものの、だったら誰に声をかければいいのかと考え込む。

彼女が欲しいわけではない。典夫が恋人にしたいのは小百合なのだ。つまり求めるべきは、ただ肉体を交わすだけの異性である。そんな都合のいい相手が、いったいどこにいるというのか。

所詮は無い物ねだりかとため息をついたとき、お客が入ってくる。すでに午後九時を回っていた。

（え？）

思わず目を瞠《みは》ったのは、下町の銭湯には珍しく、若い女性だったからである。

昨日と今日は休日で、午後の早い時間から、ランニングのあとらしき若いお客がやって来た。それにしたって、せいぜい二十代の後半以上に見えた。

目の前の女性は、それよりも若い。同い年ぐらいかもしれないと思ったとき、彼女がシューズを下足箱に入れ、こちらを向いた。

「あ――」

出かけた声を焦って呑み込む。見知った人物だったのだ。

名前は園部萌美《そのべもえみ》で、同じ大学の同期生。学部が違うのに、フルネームまで頭に入っているのは当然のこと。何しろ去年の学園祭で、二年生ながらミスキャンパスに選ばれた有名人なのである。

笑うと大きな目がアニメのキャラクターみたいに細くなる、笑顔の愛らしい女の子。おしゃれだし、モデルみたいに姿勢が良く、成績もかなりいいらしい。典夫のように目立たない男たちにとっては、まさに高嶺《たかね》の花と呼ぶべき存在だ。

おかげで、心臓の鼓動が速くなる。向こうはこちらのことなど、丸っきり知らないはずなのに。

「ここで券を買えばいいんですか？」

萌美が訊ねる。ひびき湯を利用するのは初めてらしい。

「あ、はい。購入した入場券は、こちらにお出しください」

典夫が答えると、彼女はキャラクターものの小銭入れからコインを出した。

自分と同じ二十歳でも、あどけない印象そのままに、持ち物はけっこう少女っぽい。服装も長袖のTシャツにピンク色のミニスカートと、大学内で見る大人っぽい装いのときよりも幼く映った。銭湯へ来るのに、軽装を選んだだけかもしれないが。

（ていうか、萌美ちゃん、この近所だったんだな）

顔と名前は知っていても、住所まではわからない。典夫自身、こちらに引っ越して日が浅いし、近くに住んでいるなんて想像もしなかった。

銭湯に来たのは、家の風呂が故障したためなのか。ミスキャンパスのプロフィールによると、出身は北関東のほうだったから、このあたりのアパートかマンションに住んでいるのだろう。

「お願いします」

差し出された入場券を受け取り、「ごゆっくりどうぞ」と声をかける。そのとき、萌美がちょっと怪訝な顔を見せた。

(あれ、おれのことを知ってるのかな?)

おそらく、大学内で見かけたことがある程度なのだろう。特に関心も抱かなかったようで、そのまま女湯の暖簾をくぐった。

「ふう」

簡単な接客をしただけなのに、深く息をつく。初めてミスキャンパスを間近にして、緊張していたのだ。

(……萌美ちゃん、モテるんだろうし、何人もの男と付き合ってきたんだろうな)

そんな臆測をしたのは、同い年ぐらいの異性とも経験したいと考えたあとだからか。

もっとも、彼女が男と一緒にいる場面を、大学内で目撃したことはない。また、彼氏がいるなんて噂もなかった。

ミスキャンパスの立場上、男子学生たちの夢を壊すのはまずい。そのあたり、恋愛禁止を謳《うた》うアイドルグループと変わらないのではないか。よって、男がいても秘密にしている可能性が大だ。

(さすがに処女ってことはないよな)

経験があるのなら、一度ぐらいヤラせてほしい。無謀な望みを抱いたところで、肝腎なことを思い出す。

(萌美ちゃんは今、ハダカになってるんだぞ)

典夫はほとんど反射的に動き、背後のドアを開けた。番台の中に身をすべり込ませ、小窓から女湯のほうを窺う。

亜紀子の脱衣を覗こうとして失敗し、もう絶対にすまいと誓ったはずだった。小百合に迷惑をかけないためにも。

けれど、あれがきっかけで、人妻に性の手ほどきを受けられたのである。反省したことなど忘れており、むしろ、あのときみたいにいい結果を生むのではないかと、都合のいい展開を期待した。

(あ、いた)

白い長袖シャツにミニスカートの後ろ姿を、ロッカー前に発見してときめく。彼女がいたのは、浴場に一番近い側だった。そのため小窓からでは、からだの片側半分ぐらいしか見えない。

ただ、ロッカーは一番上の端っこを使っているのはわかった。

(ええい、くそ。もうちょっとなのに)

話し声が聞こえるから、脱衣所には他にも誰かいるらしい。ボードに接近しすぎると、覗きがバレる恐れがある。典夫はある程度の距離を保ち、萌美の動きを追った。

残念ながら、彼女は服を脱ぐときに、ロッカーの前から離れた。そのため、見えたのは背中の一部だけであった。

(チェッ、何だよ)

浴場の引き戸の音が聞こえ、胸の内で舌打ちをする。あとは上がってくるときを狙うしかないが、それはいつになるかわからない。

諦めて、典夫はカウンターに戻った。

(まあ、でも、萌美ちゃんが近くに住んでたってわかっただけでもめっけものか)

風呂の修理が長引けば、またひびき湯に来てくれるだろう。あるいは買い物や散歩、大学への行き帰りで顔を合わせることもあるのではないか。そうやって知り合いになれば、いずれは肉体関係を持つチャンスも——。

ミスキャンパスの美少女が、しがない貧乏学生である自分を相手にしてくれるのかと、疑問は抱かなかった。ごく一部とは言え裸体を目撃したことで、自分のものになったと錯覚したようである。

いっそ、帰るときに声をかけてみようか。そんなことも考えて、すっかり有頂天の典夫であった。

終業時刻間近になり、残っていた客が男女とも出てくる。カウンターの中で「ありがとうございました」と頭を下げた典夫は、十名ほどいた彼らの中に、萌美の後ろ姿を見つけた。

（あ――）

完全にタイミングを逸してしまい、声をかけそびれる。まあ、仮に名前を呼んだところで、向こうはこちらを知らないのだ。かえって警戒される恐れがあったし、ストーカーだと勘違いされても困る。

結局、その場はただ見送るしかなかった。

ボイラーはすでに止めてある。玄関の明かりを落とし、男湯の脱衣所を覗いて無人を確認し、女湯のほうも「入ります」といちおう声をかけてから入る。そちらにも誰もいなかった。

あとは掃除をすれば、仕事は終わりだ。

先に女湯から始めることにしたのは、残り香を堪能したかったからである。休日で若い世代のお客が多かったし、前に嗅いだものよりかぐわしいのではないか。何より、ついさっきまでミスキャンパスの萌美がいたのだ。

期待は大きかったものの、脱衣所に漂うものは以前と大差なかった。若いお客が来ても影響は限られるのか。あるいは、風呂上がりの匂いなど、年齢で大きく違わないのかもしれない。

落胆しつつも掃除に取りかかる。先に浴場のお湯を落とし、足拭きマットを回収してからロッカーを拭いた。

（あれ？）

浴場側の一番上を開けると、中に何かが残っていた。ピンク色の、小さく丸まった布きれ。

それがパンティだと気づくなり、あっと声をあげそうになる。

（ここって、萌美ちゃんが使ってたところじゃないか！）

彼女は終業直前に出てきたから、そのあと誰かが使うとは考えられない。つまりこれは、ミスキャンパスの忘れ物なのである。湯上がり後に、持参したものに穿き替えただろうから、おそらく使用したもの――。

典夫は胸を高鳴らせ、震える指でそれを摘まんだ。

広げてみれば、前面がフリルで装飾された、ロリータっぽいデザインである。小銭入れもキャラクターものだったし、案外少女趣味のようだ。

（萌美ちゃんがこれを穿いているところ、見たかったなあ）

残念だと悔やみ、両手で捧げた薄物に顔を埋める。甘い香りが鼻腔に流れ込み、泣きたくなるような感動に包まれた。

（やっぱり可愛い子は、下着もいい匂いなんだな）

と、股布の前側に、濡れた跡みたいなシミを見つける。嗅いでみると、ちょっぴりアンモニア臭があった。

「うわぁ」

思わず声が洩れる。キャンパス中の男が憧れているであろう女の子の、恥ずかしすぎる残り香なのだ。あんな可愛い子でもオシッコをするんだなと、当たり前のことにも大いにときめいた。

だが、この程度で満足できるはずがない。もっとあからさまな痕跡を確かめるべく、桃色パンティを裏返す。

クロッチの裏地は、白い綿布になっていた。毛玉が目立つから、愛用しているものらしい。

その中心部分には、掠《かす》れたような薄茶色のシミと、乾いた糊《のり》状の付着物があった。尿の匂いがした場所の裏側は、濃く黄ばんでいる。

（けっこう汚れるものなんだな）

典夫だって、ブリーフの裏地にカウパー腺液のシミがつくし、蒸れればくさくなる。だが、ここまであからさまではない。女性は生理があり、性器を保護するために様々なものが分泌されるから、汚れやすいのではないか。

本人にとっては排泄行為と同じぐらい、誰にも見られたくないプライベートな部分なのだろう。仮に、萌美に彼氏がいたとしても、さすがにパンティの汚れ具合までは知らないのではないか。

それゆえ、秘密を暴いた優越感にひたる。女性器が密着していた名残にも昂奮を高め、典夫はクロッチの裏地に鼻を押し当てた。

（これが萌美ちゃんの——）

鼻奥をツンと刺激したのは、クセのあるチーズを連想させる酸味臭。汗を凝縮したような、ケモノっぽい成分も含まれていた。

唯花や亜紀子との行為で、典夫は女芯のかぐわしさも堪能した。けれどそれは一度洗ったあとのもので、生活感のある生々しさではなかった。

女子大生が着用した下着に染みついていたパフュームは、もっと荒々しく、生きた人間のリアルさがあった。それだけにギャップも著しい。あの子がこんな匂いをと考えるだけで、背すじがぞわぞわした。

そのため劣情もふくれあがる。典夫は夢中になって鼻を鳴らした。

淫らな残り香に煽られて、股間が反応する。海綿体が血液を集め、ズボンの前を突っ張らせた。

（オナニーしたい……）

分身をしごきたい欲求が大きくなる。そんな場合ではない。まずは掃除を終え、それからゆっくりすればいいじゃないかと、理性がたしなめた。

しかし、時間を置いたら匂いが薄らいでしまう。まだしっかり残っているうちのほうが昂奮できるし、深い満足も得られるだろう。掃除は射精したあとだってできるのである。

誘惑に負けて、典夫はズボンとブリーフを脱ぎおろした。パンティを手に、脱衣所のベンチに横たわる。

それは病院の待合室にあるような、背もたれのない、合皮でカバーされたソフトなものだった。寝転がっても痛くないから、快感に集中できる。

典夫はクロッチの裏地が鼻に当たるよう、パンティを顔にかぶった。脚を通すところから目が覗くその姿は、さながら変態マスクマンか。

だが、他に誰もいないのだ。見た目を気にする必要はない。それに、これなら両手が使えるのである。

すでに硬くなっていたペニスを右手で握り、ゆるゆるとしごく。左手は陰嚢へ。そこも性感帯だと小百合の奉仕で知って以来、オナニーでもタマ揉みをするようになっていた。

「むふぅ」

熱い鼻息がこぼれる。蒸らされた裏地が、淫靡な香りを濃厚に漂わせた。顔を包む柔布のなめらかさも、昂りを押しあげてくれるよう。

おかげで自愛行為にも熱が入る。

(うう、気持ちいい)

こぼれた先走り液が、上下する包皮に巻き込まれて泡立ち、クチュクチュと音を立てる。早くも爆発しそうで、典夫は手の動きをセーブした。せっかく最高のオカズが手に入ったのだ。心ゆくまで愉しみたい。

アルバイト中であり、仕事がまだ残っていることなど、すでにどうでもよくなっていた。今は目先の快楽が、彼の行動を決定づけていた。

だからこそ、闖入者《ちんにゅうしゃ》があるなんて予想だにしなかったのである。

「キャッ！」

突如響き渡った悲鳴に、典夫は心臓が止まるかと思った。焦って飛び起き、振り返ると、脱衣所の暖簾を背に佇む人影があった。

（あ——）

昂奮も劣情も一気に萎む。それもそのはずで、驚愕で目を見開いたそのひとは、彼がオカズにしていたパンティの持ち主だったのだ。

（どうして萌美ちゃんがここに？）

そんなこと、考えるまでもない。下着を忘れたことに気がついて、回収しに来たのである。

典夫は玄関の明かりを落としたものの、施錠を忘れていたようだ。彼女も入ってきて声をかけたのかもしれないが、快楽希求に夢中でまったく聞こえなかった。

かくして、絶対に見つかってはいけない人物に、みっともないところを目撃されてしまったのだ。

「……それ、わたしの」

つぶやくように言われて、顔に装着した薄物を慌てて剝ぎ取る。けれど、今さら手遅れだ。下半身もまる出しだし、悲鳴のタイミングからして、ペニスをしごいていたところもばっちり見られたに違いない。それがどういう行為なのか、二十歳の女子大生も理解したはずだ。

しかも、自身の汚れ物をオカズにされたのである。

(最悪だ……)

この状況では、どんな弁明も通用しまい。情けなくて、恥ずかしくて、典夫は泣きたくなった。

もっとも、それは萌美も同じだったらしい。

「う、ううっ」

嗚咽《おえつ》が聞こえ、ハッとする。見ると、彼女が顔を歪め、肩を震わせていた。

(あ、まずい)

何が起こるのか察するなり、萌美は両手で顔を覆った。

「うあ、ああ……あぁーん」

脱衣所に泣き声が響き渡る。典夫は蒼《あお》くなった。

「ご、ごめん」

ブリーフとズボンを引っ張りあげ、身も世もなく泣きじゃくる女の子の元へ駆け寄る。膝をつき、何度も頭を下げた。

「本当にごめん。ごめんなさい。おれが悪かった」

しかし、いくら謝っても、萌美はなかなか顔をあげない。それから五分以上も、彼女は号泣し続けたのである。

3

ようやく泣きやむと、萌美は怒りをあらわにした。

「ひどいわ。わ、わたしの下着を、あんなことに――」

泣き腫らした目で責められ、典夫は正座してうな垂れるしかなかった。何しろ、こちらが全面的に悪いのだから。

(おれが何をしてたのか、やっぱりわかってるんだな)

下半身は浴場を向いていたし、入口側の彼女とは距離があった。また、イチモツもしっかり握っていたから、まともに見られてはいないはず。

それでも、パンティの匂いを嗅いで自慰に耽っていたのは、一目瞭然だったろう。

「すみません、本当に」

反省の色を素直に示すと、萌美が眉をひそめた。

「あなたって、ウチの大学のひと？」

やはり顔に覚えがあったらしい。誤魔化しても意味がないため、典夫は「そうです」と認めた。

「じゃあ、前々からわたしを狙ってたのね。下着を盗んで、いやらしいことに使ってやろうって」

典夫がストーカーの上に、計画的な犯行だと思ったのか。そこまでの悪党だと思われるのは心外である。

「ち、違うよ。ここでバイトしてたら、たまたま萌美ちゃんが――」

彼女がキッと睨《にら》んでくる。馴れ馴れしく呼ばないでと、眉間の深いシワが怒りをあからさまにしていた。

「そ、園部さんが来て、下着を忘れてたから、魔が差したっていうか」

「本当かしら」

「本当だよ。おれは一週間前にこっちに越してきたばかりで、園部さんが近くに住んでたなんて知らなかったもの。そもそも、園部さんがこの銭湯に来たのも初めてなんじゃないの？」

「それは、まあ……」

萌美がしぶしぶというふうにうなずく。とりあえずストーカー疑惑は晴れたようだ。

「とにかく、おれが悪いのは間違いないんだから、お詫びに何でもします。だから、どうか許してください」

床に額がつきそうなところまで頭をさげると、

「……何でも？」

その言葉を反復され、典夫はまずいと思った。とんでもない要求をされそうな予感がしたのだ。

（いや、萌美ちゃんに限ってそんなことはないか）

ミスキャンパスに選ばれた理由は、見た目の愛らしさばかりではない。学業やボランティアへの取り組み、性格など、様々な要素が評価されてなのだ。

よって、悪辣《あくらつ》な命令はしないだろう。

「わたしは下着を悪戯《いたずら》されて、とっても恥ずかしかったのよ。あんなことに使われた上に、汚れてたのに匂いまで嗅がれて……そういうの、女子にとっては一番イヤなことだし、屈辱でしかないんだからね」

「はい、ごめんなさい」

「だから、あなたにも同じぐらい恥ずかしい目に遭ってもらわなくっちゃ。でないと公平じゃないもの」

「え、どういうこと？」

予想もしなかった条件を提示され、典夫は思わず顔をあげた。

「さっきしていたこと、わたしの前でやってみせて」

やけにきらめく目で告げられ、息を呑む。オナニーをしてみせろというのか。

「──そ、そんなの無理だって」

拒んでも、彼女が納得するはずなかった。

「どうして？　何でもするって言ったじゃない」

思ったとおり、その言葉を蒸し返される。典夫は情けなく顔を歪めるしかなかった。


「もっと脚を開いてよ。よく見えないじゃない」

床にぺたりと女の子坐りをした萌美が、容赦なく命じる。彼女の前でベンチに腰掛けた典夫は、観念して膝を離したものの、頬がカイロみたいに火照《ほて》った。

それもそのはず、彼は下半身すっぽんぽんだったのである。まともに晒された股間に、二十歳の女子大生の視線が、遠慮も慎みもなく注がれていた。

「ふうん」

感心した面持ちでうなずかれ、ますます居たたまれなくなる。そこは平常状態に戻っており、亀頭の半分以上が包皮に隠れていた。

（うう……どうしておれがこんな目に）

自業自得だとわかっていても、これが本当に公平な状況なのか、疑問を抱かずにいられない。むしろ不公平ではなかろうか。

（だいたい、おれは萌美ちゃんのアソコを見ていないのに）

そんな反論をしようものなら、烈火のごとく罵倒されるのは目に見えている。それどころか、自身のハレンチな行いを大学中に知られてしまう恐れがあった。

『今夜のことをみんなにバラされたくなかったら、言うとおりにしなさい』

典夫が脱ぐ前に、彼女はそう言って脅したのである。これでは従うより他ない。

（ていうか、萌美ちゃんって、こんな子だったのか……）

愛くるしい見た目そのままに、無邪気で明るく、優しい女の子だと思っていた。事実、典夫が忘れ物のパンティをイケナイことに使用しているのを目撃し、子供みたいに泣きじゃくったのである。

ところが、今は恥じらいもせず、牡のシンボルをガン見している。ミスキャンパスにも選ばれた乙女なら、悲鳴をあげて顔を背けるべきところなのに。

とは言え、これが彼女の本性とも思えなかった。

もしかしたら、あまりのショックで自暴自棄というか、キレてしまったのではないか。そのため荒んだ振る舞いをしているという見方が、最もしっくりくる。

「ほら、始めて」

顎をしゃくって促され、仕方なく秘茎に手を添える。二本の指で摘まみ、ぷらぷらさせても、そこが大きくなる兆しはなかった。

(こんなんじゃ、オナニーなんて無理だよ)

できればオカズがほしいところである。しかし、あのパンティは萌美に奪い返されてしまった。頼んだところで渡してはくれまいし、変態と罵《ののし》られるのが関の山だ。

だったら、せめてパンチラぐらい拝ませてくれないだろうかと、ミニスカートからのびた健康的な太腿を見おろしていると、

「どこ見てるのよ?」

上目づかいで睨まれて、首を縮める。両腕で胸を庇《かば》ったから、乳房のふくらみを盗み見されていると勘違いしたらしい。

だが、そこはTシャツ越しでもなだらかな盛りあがりである。スレンダーな唯花と変わらないぐらいのボリュームではなかろうか。裸ならいざ知らず、着衣ではまった

くそそられない。

(ひょっとして、おっぱいが大きくないのがコンプレックスなのかも)

だから見られまいとガードしたのではないか。むくれ顔で頬を染めているのが、ツンデレっぽくてキュートだ。

彼女の新たな魅力に気づいたことで、海綿体がようやく血液を集め出す。見られていることにも、今になって背徳的な気分が高まった。

(勃起するのを見たら、さすがに怯むんじゃないかな)

いっそ見せつけてやりたいと、変質者じみた願望も抱く。その感情が昂りを生み、分身がぐんぐん伸びあがった。

「え、え?」

男性器の著しい変化に、萌美が戸惑いと驚きを浮かべる。それはほとんど時間をかけることなく、握り手から剝き身の頭部をはみ出させた。

「ウソ……」

彼女は気圧《けお》されたみたいにのけ反り、後ろに両手を突いた。それでも禍々《まがまが》しい肉器官から目を離せないらしい。コクッとナマ唾を呑んだのもわかった。

(やっぱり、さっきはちゃんと見えてなかったんだな)

今は眼前に隆々と聳《そび》え立つものに、落ち着きをなくしているようだ。

「……こんなに大きくなるの？」

つぶやかれた疑問に（え？）となる。まるで、初めて勃起したペニスを目にしたみたいではないか。

「見るの初めてなの？」

質問すると、萌美はハッとしたように典夫を見あげた。

「そ――そんなわけないでしょ」

背筋をのばして反論し、眉間にシワを刻む。明らかに嘘をついているとわかる態度に、典夫は頬を緩めた。

（なんだ……萌美ちゃん、バージンなのか）

オナニーをしてみせろなんて命じたのは、処女ゆえに無謀で、怖いもの知らずだからだろう。加えて、ミスキャンパスになってみんなからちやほやされ、男は誰でも言いなりになると思い込んでいたのかもしれない。

ともあれ、これで優位に立てた気がして、典夫は脚を大きく開いた。男根ばかりか、牡の急所も大胆に見せつける。

「それじゃ、するよ」

予告して、手を上下させる。ゴツゴツした肉棹を、これ見よがしに摩擦した。

「うう、気持ちいい」

いたいけなバージンを刺激するため、わざと感じている声を洩らす。

「すごい……」

萌美が驚嘆をあらわにする。初めて目の当たりにする男の自愛行為に、すっかり魅せられているようだ。

（清純そうに見えるけど、けっこうエッチなんだな）

未経験だからこそ好奇心に抗えず、オナニーを見たがったのだろう。ならば、うまく誘えば、一緒に気持ちいいことができるかもしれない。

もともと年下か同い年の女の子と体験したかったのである。萌美がひびき湯に来たとき、彼女がその相手ならと無謀な望みを持った。もしかしたら、それが現実になるのではないか。

「ところで、おれはどこまですればいいの？」

問いかけに、バージン女子大生が肩をビクッと震わせる。

「え、どこまでって？」

「ただチンポをしごけばいいのかな。それとも最後までするの？」

「最後まで……」

「射精するまでってことさ」

萌美があからさまにうろたえる。快感の極みで男がどうなるのか、処女でもそのぐらいは知っているのだ。

「も、もちろん。最後までに決まってるでしょ」

精一杯虚勢を張るのがいじらしい。今やオナニーは典夫に恥辱を与えることが目的ではなく、彼女自身の好奇心を満たすためにしているようなものだった。

「だったら協力してくれない？」

「え？」

「さっきは萌美ちゃんの下着があったから、すぐイキそうだったんだけど、今はそういうのがないからさ」

「な、なに言って――」

萌美が身を強ばらせたのは、ハダカを見せろという意味に捉えたからではないか。そうしてもらえれば有り難いが、無理なのは重々承知している。

「ちょっと手伝うだけでいいんだ。チンポじゃなくて、下のところをさわってもらえないかな」

「下って？」

「キンタマだけど」

　彼女の視線が陰嚢に向けられる。縮れ毛にまみれたそこに、特に嫌悪は抱いていない様子だ。むしろ、興味を引かれているかに映る。

「そこって男のひとの急所なんでしょ」

「うん。強くしたら駄目だけど、そっとさわるぐらいなら気持ちいいんだ」

「そうなの？」

　実物を前に得られた新しい知識が、いっそう好奇心を煽ったらしい。萌美は膝を前に進めた。

（本当にしてくれるのか？）

　胸を高鳴らせて見守っていると、無防備に晒された股間に右手がのばされる。いたいけな指が、フクロの表面をすっと撫でた。

「あうっ」

　背すじを快美の波が走り、典夫はたまらず呻いた。

「え、ホントに気持ちいいの？」

　意外だという顔を見せつつも、指先で嚢袋をくすぐる。さらに、垂れさがったそれーを掬《すく》い、手の上で転がした。

「うう、すごくいいよ」

息をはずませながら告げると、彼女がはにかんで白い歯をこぼす。抵抗なくここまでできるのは、もともと性的な事柄への関心が高かったからだろう。

急所への愛撫が性感を高め、セルフ手淫の速度があがる。鈴口からこぼれたカウパー腺液が亀頭を濡らし、鈍い光を反射させた。

「あ、もう濡れてる」

萌美が気づいて、なるほどという顔でうなずいた。その粘液がどういうものかも知っているようだ。

ヌチュヌチュと粘つきを立てる先走りが、海産物に似た匂いをたち昇らせる。絶頂が近づいているのを、彼女は察しているのだろうか。

すると、萌美が典夫を見あげ、質問した。

「さっき、わたしのパンツのニオイを嗅いでたんでしょ?」

ただ顔に被って遊んでいたなんて弁解は通用しまい。「うん」と素直に認めると、彼女が眉根を寄せた。

「……イヤじゃなかったの?」

「え、どうして？」

「だって、穿いたあとで汚れてて、く、くさかったのに」

これだけ好奇心が旺盛なら、来るべきロストバージンも思い描いていたであろう。それはきっと漫画やドラマのラブシーンみたいな、ロマンチックで清らかなセックスに違いない。恥ずかしいところの匂いが男を昂らせるなんて生々しいシチュエーションは、想像すらしなかったのではないか。

「全然くさくなかったよ。そりゃ、いい匂いっていうのとは違うだろうけど、何ていうか、女の子らしくて素敵だって感じたんだ」

「う、ウソ」

「嘘じゃないよ。だから昂奮して、ここも大きくなったんだよ」

握ったものの穂先を向けると、萌美がたじろぐ。それでも、透明な雫を滴らせる尖端をじっと見つめ、小さくうなずいた。どうやら心境に変化が生じたようだ。

「……出そうなの？」

「うん。もうすぐ」

「だったら、わたしにやらせて」

彼女が陰嚢から手を離したものだから、典夫は分身を解放した。けれど、本当に握ることは思っていなかったのだ。

「おおお」

屹立に細い指が巻きつき、腰をガクガクとはずませる。握られた快さに加え、それがミスキャンパスの手であることに、背徳的な悦びがふくれあがった。

(萌美ちゃんが、おれのチンポを――)

とても信じられないが、紛う方なき現実なのだ。

「あん、硬い」

彼女が手指をニギニギさせ、牡器官の感触を確かめる。愛撫の意図はなくとも、目のくらむ快美感が体幹を駆け抜けた。

続いて、握り手が遠慮がちに上下する。

「これでいいの?」

見たとおりにやってみたという程度の、稚拙な愛撫。初めてだから無理もない。

「こんな感じで、外側の皮を使って中の芯をこするんだよ」

手を添えて、愛撫のやり方をレクチャーする。聡明な女子大生は、すぐにコツを摑んだ様子だ。

「あ、オチンチンって、こんなふうになってるのね」

ペニスの構造を理解し、握る場所を工夫する。包皮を上下させ、適度な刺激で亀頭を摩擦してくれた。

「うん、そんな感じ。すごくじょうずだよ」

褒めると、嬉しそうに目を細める。立場が逆転したとは言わないが、少なくとも対等になったようだ。

手にした肉器官を見つめ、熱心に奉仕する二十歳の美少女。少女と呼ばれる年齢ではないのかもしれないが、真面目な顔で淫らな施しに没頭する姿はいたいけな印象で、こんなことをさせていいのかと思わずにいられない。

おかげで、時間をかけることなく頂上に至る。

「あ、出るよ」

声を震わせて告げると、萌美が「え、えっ」と焦りを浮かべた。

「ど、どうすればいいの？」

「このまま続けて。あ、ああ、いく――」

蕩ける歓喜にまみれ、膝をガクガクとわななかせる。屹立の根元で煮え滾《たぎ》っていた欲望のトロミが、先を争って尿道を駆け抜けた。

びゅくんっ――。

しゃくりあげた肉根が、白い固まりを放つ。糸を引いて飛んだそれは、愛らしい容貌を直撃した。

「キャッ」

悲鳴をあげた萌美が、強ばりから手を離す。

「あ、駄目だって」

急いで分身をバトンタッチし、典夫は脈打つそれを猛然としごいた。おかげで、オルガスムスの波は高いままで推移し、香り高いエキスが幾度もほとばしる。

「う、うう、むふぅ」

太い鼻息をこぼし、愉悦に身を震わせるあまり、危うくベンチから落ちそうになった。からだが支えられなくなるほどの、深い満足を得られたからだ。

間もなく絶頂曲線が下降し、気怠さが取って代わる。

「ふう」

息をついた典夫の耳に、「うう、ヤダぁ」とベソかき声が届く。それで我に返った。

「あ、ごめん」

すぐ前にぺたりと坐った萌美は、鼻筋に白濁の粘液をべっとりと付着させていた。太腿やTシャツの袖にも、ザーメンが飛び散っている。

典夫は急いでその場を離れ、カウンターへ向かった。ティッシュとタオルを取りに行ったのである。

4

戻ってくると、萌美が顔についた精液を指で掬い取っていた。

「……これがアレなのね」

つぶやいて、しげしげと観察する。鼻先にかざして匂いを嗅ぎ、悩ましげに眉をひそめた。

さらに、舌を出してペロリと舐めたものだから、度肝を抜かれる。いくら好奇心が旺盛でも、どうしてそこまでできるのか。典夫のほうが居たたまれなくなった。

「これ使って」

ティッシュのボックスを差し出すと、彼女が「あ、うん」と数枚抜き取る。顔や指、太腿を拭いながら、

「匂いのわりに、あんまり味ってしないのね」

誰に言うでもなく独りごちる。反応しづらくて聞こえなかったフリをし、典夫はタ

オルを洗面台で濡らすと、絞って渡した。

「どうぞ」

「ありがと」

乾いて肌にこびりついた残滓や、シャツに染み込んだぶんも清め、萌美はすっきりしたようである。それから典夫を振り返り、「え?」と声を洩らした。

「あんなに大きかったのに……」

うな垂れた牡のシンボルを見て、残念そうな顔を見せる。

「精液が出ると、元に戻るんだよ」

「それは知ってたけど」

もっとあれこれしたかった様子である。

「あ、そうだ。さっきはごめんなさい」

唐突に謝られ、典夫は面喰らった。

「え、何が?」

「わたしが手を離しちゃったから、自分でしたんでしょ」

「ああ……男は出ているときにしごかれるのが、一番気持ちいいからね」

「ふうん、そうなんだ」

感心したふうにうなずき、何か言いたそうにモジモジする。

「どうかしたの？」

「えと、オチンチン、もう大きくならないの？」

その部分をチラ見して訊ねる。

「昂奮すれば、また勃起すると思うけど」

「どうすれば昂奮するの？」

「そうだね。萌美ちゃんがアソコを見せてくれるとか」

露骨なことを口にしたのは、そうなったらいいという思いがあっただけでない。何でもしてくれそうな雰囲気を感じ取ったためだ。

(ひょっとして、体験したくなっているのかも)

いきり立つ陽根ばかりか、射精も目撃したのである。しかも、彼女自身が導いたのだ。この機会に、もっといやらしいことがしてみたくなっても不思議ではない。

「アソコって、おまん――」

萌美が焦って口をつぐむ。普段は絶対口にしないような猥語を言いかけたのは、それだけ淫らな気分になっている証《あかし》であった。

「もちろん無理強いはしないよ。あくまでも、萌美ちゃんがよければの話」

わざと突き放す言い方をすると、彼女が口をへの字にする。どうしようかと考え込んでいるようだ。

(これはひょっとして、ひょっとするかも)

期待がふくれあがったところで、ミスキャンパスがふっと表情を緩めた。

「わかったわ」

立ちあがり、ミニスカートの下に両手を入れる。典夫が見守る前で、白い薄物をするすると脱ぎおろした。

(え、マジなのか⁉)

萌美はベンチの端に腰をおろすと、仰向けで横たわった。膝から下をおろした格好で、しかも脚を開き気味にしているから、スカートをめくれば恥ずかしいところがまる見えになるはず。

「いいよ、見ても」

そう言って目をつぶった面差しから、密やかな決意が感じられた。

(ただ勃起させることが目的じゃないんだな)

その先に、さらなる進展が待ち受けているのを察する。まさに願いどおりになったわけである。

しかし、こんなにうまい話があっていいのだろうか。訝《いぶか》りつつも、据え膳を食わずに済ませられるほど、典夫は人間ができていなかった。ここでやめたら彼女に恥をかかせることになると、女らしく色づきだした美脚の足元に膝をつく。

「それじゃ、見るよ」

逸る気持ちを抑えながら、スカートの裾を摘まむ。ちょっとめくっただけで、漆黒の恥叢が現れた。

(けっこう濃いんだな)

一部が逆立った縮れ毛は、伸び放題の趣だ。自然のままで、手入れなどしていないようである。それもまた、いかにも処女っぽい。

などと、自身も童貞を卒業して日が浅いくせに、偉そうな批評をする。

「もうちょっと脚を開いてくれる?」

このままではよく見えないため、声をかける。すると、むっちりした太腿がピクッと反応した。

「うう」

羞恥の呻きをこぼしながらも、萌美が開脚する。大胆にも、寝たままベンチを跨ぐかたちになった。

おかげで、隠されていた蜜園が秘毛の狭間に覗く。人妻の亜紀子よりも大ぶりで、シワの多いセピア色の花びらが、すでにぱっくりと開いていた。

(性器の色やかたちって、セックスの経験とは関係ないんだな)

処女の秘苑を目にして学ぶ。それは乳首に関しても同じなのだ。吸われれば色が濃くなるわけではあるまい。

顔を寄せると、蒸れた酸っぱみが感じられる。入浴してちゃんと洗ったのだろうが、ペニスを愛撫して昂り、早くも濡れているようだ。若いだけに、新陳代謝も活発なのではないか。

ただ、匂いはパンティのクロッチに染み込んでいたものより新鮮である。チーズよりは乳酸飲料に近く、ボディソープの残り香もあった。

鼻息がかかったのか、恥割れがキュッとすぼまる。

「あ、あんまり見ないで」

萌美が泣きそうな声でなじった。敏感なところゆえに、視線も強く感じるのではないか。

だったらと、典夫は穢《けが》れなき園にくちづけた。

「え？」

何をされたのか、すぐにはわからなかったらしい。彼女は身を強ばらせただけで、クレームはなかった。

それでも、典夫が舌を裂け目に差し入れると、さすがに気がついて抗う。

「だ、ダメっ!」

ずり上がって逃げようとした若腰を、両手でがっちりと捕まえる。湿った粘膜に舌を這わせ、ピチャピチャと攪拌《かくはん》すれば、

「ああっ、あ――」

歓喜を含んだ声が聞こえた。

「イヤイヤ、し、しないで」

言葉では拒んでも、抵抗は弱々しい。ベンチの上で、ヒップが物欲しげにくねった。

(たぶん、こうされるってわかってたんだな)

経験はなくても、性的な行為への関心は高かったのだ。秘部を見せて、それで終わりとは思っていなかっただろう。むしろ、ペニスをしごいてあげたのだから、お返しをしてほしかったのではないか。

(萌美ちゃん、オナニーもしてそうだよな)

敏感なところをまさぐりながら、ここを舐められたいと夢想したに違いない。事実、

典夫がクリトリスを舌で探り出すと、

「あ、あ、そこぉ」

と、悦びをあらわにした。あとはされるがままとなり、下腹を切なげに波打たせる。

女子大生の愛液は粘り気があった。舌に絡む感じでそうとわかる。塩気よりは甘みが強く、分泌物も個人差があると知った。

音を立てて蜜をすすり、代わりに唾液を塗り込める。処女の秘苑が、いっそう淫靡な匂いをくゆらせた。

「ううう、う、ああッ」

多彩なよがり声をこぼす女子大生の肉体は、すでに女らしく成長しているようだ。セックスを求めるのも当然という気がする。

(したくなってるよな、絶対)

だが、初めての挿入で快感を覚えるのは無理だろう。ならばその前に、オルガスムスに導いてあげたい。

敏感な肉芽を重点的に攻めると、若い肢体がベンチから落っこちそうにくねる。そうならないように、また、もっと舐めやすいようにと、典夫は彼女の両脚を肩に担いだ。女芯を上向きにし、ぢゅぴぢゅぴと音を立てて吸いねぶる。

「あああ、だ、ダメぇええええっ！」

いよいよ極まってきたようで、嬌声が大きく響く。

典夫は勃起していた。反り返る分身が下腹をせわしなく叩き、先走りの粘っこい糸を先端と繋げているのが見なくてもわかる。

それを処女膣にぶち込みたい欲求と闘いつつ、舌を律動させていると、

「あっ、あっ、イッちゃう、イク」

萌美がいよいよ差し迫った。

（よし、イッちゃえ）

硬く尖った秘核を高速ではじけば、女体がぎゅんと反り返る。

「あひっ、ヒッ、いいいいいいっ！」

内腿で典夫の頭を強く挟み、腰回りをビクッ、ビクッと痙攣させる。絶頂の波が引くと、彼女はベンチの上でからだをのばした。

あとは胸を大きく上下させ、深い呼吸を続ける。

唾液と愛液で濡れた陰部から口をはずし、典夫はぐったりした女子大生を感慨深く眺めた。スカートがめくれて、腰から下があらわな煽情的な姿を。

（おれ、萌美ちゃんをイカせたんだ）

リードしてくれた年上女性ではなく、同い年の子をオルガスムスに至らしめたのである。ようやく一人前の男になれたのだと思った。

もちろん、これで終わらせるつもりはない。けれど、まずは彼女の意志を確認する必要がある。

萌美の呼吸が整うのを待って、典夫は顔を覗き込んだ。

「大丈夫？」

声をかけると瞼が開く。ぼんやりした眼差しが、徐々に焦点を取り戻した。

「あ——」

典夫と目が合うなり、彼女がうろたえる。バツが悪そうに顔を歪め、クスンと鼻をすすった。

「イッたときの萌美ちゃん、すごく可愛かったよ」

少しでも恥ずかしさが薄らぐようにと、思いを込めて告げる。

「……バカ」

涙目で睨まれ、ときめきが止まらない。

「ねえ、オチンチン、大きくなってる？」

「うん」

「だったら……して」

何をするのかなんて、確認するまでもない。

「いいの？」

「うん……わたし、早く体験したかったの」

情愛が募ったわけではない。好奇心と、オトナになりたいという願望から、萌美は交わりを求めていた。

典夫はそれでかまわなかった。そもそも、こんな出会いで好きになってもらえるはずがない。初体験の相手に選ばれただけでもラッキーなのだ。

（これでちゃんとバージンを奪ってあげられたら、小百合さんとも――）

自信を持って、未亡人とも深い関係になれるはず。

そんな思いを、典夫はすぐさま胸の奥にしまった。これからセックスをするというのに、他の女性のことを考えるのは失礼だ。たとえ行きずりの関係で、両者とも打算があっての行為だとしても。

「わかった」

要請を受け入れ、ベンチの上で萌美にずり上がってもらう。下半身側の空いたところに跨がると、彼女の両脚をMの字に折り畳み、ヒップを膝で挟んだ。これなら結ばれるところがよく見える。

反り返るイチモツを前に傾け、切っ先で恥叢と花びらをかき分ける。浅くめり込んだ頭部に、処女地の熱が伝わってきた。

「あん」

萌美が怯えた声を洩らす。未開の園をいよいよ切り裂かれるのだと、恐怖を覚えたのだろう。

それでも、逃げることなく唇を嚙み締めるのが健気だ。

典夫は亀頭を恥割れにこすりつけ、しっかり潤滑した。愛液と先走り汁が混ざり、クチュクチュと粘つきをたてる。

「それじゃ、挿れるよ」

準備が整って声をかけると、「あ、待って」と止められた。

「わたし、あなたの名前を聞いてないわ」

言われて、自己紹介がまだだったことに気がついた。

「おれ、典夫っていうんだ。宮原典夫」

「典夫君……」

萌美が口の中で反芻する。相手の名前を知らないままで、初めてを捧げたくなかったのだろう。

「じゃ、して」

「うん」

典夫は慎重に進んだ。肉槍の穂先で狭まりを圧し広げ、少しずつ侵入する。

「つ――」

彼女が顔をしかめても、中断しなかった。間を置いたら怖《お》じ気《け》づき、逃げられる恐れがある。このまま進むしかない。

「大丈夫だから。リラックスして」

緊張していたら受け入れづらいに違いない。優しく声をかけ、両手を添えた腰や太腿を撫でてあげる。快かったらしく、萌美の表情が和らいだ。

次の瞬間、亀頭の裾が膣口をぬるんと乗り越える。

「いいいッ」

美少女が首を反らし、縮めた手足をピクピクさせた。

ペニスのくびれを輪っかが締めつけている。濡れた熱さも感じるから、処女膜が切れて出血したのかもしれない。それは本当の膜ではなく、膣口を狭くするフリル状の粘膜だという知識はあった。

このまま進んでも、さらなる苦痛をもたらすだけであろう。強ばったからだから抵抗が抜けるのを待つ。

やがて入り口の締めつけが緩み、萌美の息づかいが落ち着いてきた。

「大丈夫？」

問いかけに、涙で濡れた目が向けられる。

「うん……おまんこが、ちょっとジンジンしてるけど」

露骨すぎる単語を口にしたのは、破瓜《はか》の痛みと女になった感激、それから喪失感など、さまざまな感情が入り乱れていたからではないか。

「オチンチン、入ったの？」

「まだ先っぽだけ」

「じゃあ、全部挿れて」

そう言って両手を差し出す。抱きしめてほしいのだとわかった。

典夫は萌美に覆いかぶさると、唇を重ねた。キスを求められたわけではないが、そうしたほうが安心すると思ったのだ。

実際、彼女は縋《すが》るように吸ってくる。舌を与えると受け入れて、自分のものを絡めてくれた。

甘い吐息と唾液にうっとりしつつ、腰を小刻みに前後させる。痛みがあるのか、背中に回った手がシャツをギュッと摑んだものの、抵抗はなかった。

気がつけば、ふたりの陰部がぴったり重なっていた。

「入ったよ」

くちづけをほどいて告げると、萌美の目許はぐっしょりと濡れていた。それはきっと、感激の涙だったのだろう。

「うん……わかるわ」

「痛い？」

「少しだけ。たぶん、そのうちおさまるから待ってて」

「え、待つって？」

「ちゃんと動いて、おまんこの中で精子を出してほしいの」

いやらしすぎる要請に、蜜穴の中でペニスがビクンと反応する。

「あん、元気」

脈打ちをしっかり感じたようで、萌美が笑みをこぼす。それまでのあどけない印象が嘘のように、艶っぽい微笑であった。

（萌美ちゃん、本当に女になったんだな）

その手助けができたことを、光栄に思う。

「萌美ちゃんの中、キツくって柔らかくて、すごく気持ちいいから、動かなくても出ちゃうかも」

「バカ」

ミスキャンパスが優しくなじった。

第五章　未亡人と結ばれたい

1

翌日、営業終了後の掃除が終わったあと、小百合からお誘いがあった。

「時間があったら、ウチでいっしょに飲みませんか？　典夫さん、とても頑張ってくれたのに、ねぎらう機会がなかったから」

もちろん断る理由などない。

「は、はい。是非」

典夫は天にも昇る心地であった。愛しい未亡人と、ふたりっきりで時間が過ごせるのだから。

もっとも、懸念されることがなかったわけではない。

（まさか、昨日のことがバレて叱られるんじゃないよな）

萌美と脱衣所で交わり、処女を奪ったのである。すべて終わったときには午前零時を回っており、それから掃除をしたために、帰りがすっかり遅くなってしまった。

そのことを、近所の誰かが小百合に言いつけたかもしれない。遅くまで物音がしていたと。あるいは、萌美がひびき湯から出るところを目撃され、様子がおかしかったと密告されたとか。なまじ後ろめたいことがあるせいで、不安が募る。

萌美とセックスしたことは後悔していない。彼女の膣奥に精をほとばしらせ、抱き合ってくちづけを交わしたとき、幸せな気分にひたったった。

終わったあと、連絡先は交換しなかった。萌美も帰り際、『また大学で』と告げただけで、あっさりした別れだった。今後、キャンパスで顔を合わせたとしても、せいぜい会釈を交わす程度であろう。

それはべつにかまわない。惜しいという気持ちはゼロではなくても、自分には小百合がいる。萌美との交わりは、未亡人と結ばれるためのステップだったのだ。

（そうさ。おれには小百合さんだけなんだ）

だからこそ、彼女に誘われたのは、願ってもないことだったのである。

「さ、どうぞ」

離れに招かれ、茶の間に通される。待っていると、小百合がお盆に缶チューハイやつまみを載せて戻ってきた。

「それじゃ、乾杯」

プルタブを開けたロング缶を軽く合わせる。典夫も「乾杯」と応え、ふたり同時に口をつけた。ひと口飲んで、アルコール度数が高いストロングタイプだと気がつく。

「ふう」

喉を潤し、小百合がひと息つく。それから、恥ずかしそうにほほ笑んだ。

「ごめんなさい。典夫さんをねぎらわなくちゃいけないのに」

「いえ。小百合さんもご苦労があったみたいですし、お互い様ですよ」

典夫の言葉に、彼女が小さくうなずく。もう一度チューハイに口をつけ、コクコクと喉を鳴らした。

（いい飲みっぷりだな）

けっこうお酒が好きなのかなと、感心して見守る。もっとも、ストレスが溜まって飲みたくなっただけかもしれない。

ただ、昨日までの思い詰めた感じよりも、表情が明るくなっているようだ。

（問題が解決したのかな？）

そうであってほしいと願い、典夫も缶を傾けた。

「こっちの生活には、もう慣れました？」

「ええ、はい」

訊ねられるまま近況を話し、酒とおつまみを口にする。語らうあいだに、小百合のほうが先にひと缶を飲み干してしまった。

「けっこう強いですね、これ」

ストロングタイプだと、今さら気がついたらしい。頬が赤く染まっているから、すでに酔っているようだ。

(何だか色っぽいな)

目がトロンとして、無防備な感じである。そのせいで、茶の間で寝落ちしていた彼女を思い出した。こっそりキスをしたことも。

今日もこのまま眠ってしまうのではないか。そう考えたとき、小百合がふと真顔になった。

「わたし、典夫さんに謝らなくちゃいけないんです」

思いも寄らないことを告げられ、典夫は戸惑った。

「え、どうしてですか？」

「昨日、典夫さんはわたしを心配してくれたのに、突き放すようなことを言ったから」

問題を抱えているようだったし、力になりたいと彼女に言ったのである。けれど、わたしの問題だからと拒まれてしまった。そのことなのだ。

「あれは出過ぎた真似をした、おれがいけなかったんです」

「いいえ。典夫さんの優しさが、本当はうれしかったんです。なのに、わたしは甘えちゃいけないと思って、つい冷たい態度を――」

後悔を滲ませる表情に、胸が熱くなる。本当に優しいのは小百合のほうであり、そこまで言ってもらえれば充分だ。

「甘えていいんですよ。おれなんかじゃ頼りないかもしれませんけど」

「そんなことありません」

かぶりを振った未亡人が、照れくさそうに頬を緩める。

「だけど、安心してください。いろいろありましたけど、すべて解決しましたから」

「え、本当ですか？」

「はい。ひびき湯のことで、義実家と折り合いがついたんです」

やはり亡き夫の家族と、これからのことで揉めていたのだ。それが無事におさまって、心から安堵しているのが窺える。

(そうすると、お祝いの意味で飲みたくなったんだな)

典夫は単純に考えた。

「よかったですね」

「ありがとうございます。これからも、ひびき湯をよろしくお願いしますね」

「ええ、もちろん」

アルバイトだけでなく、卒業後もここで頑張りたい。できれば小百合の夫として。

そんな希望を胸にしたとき、小百合が視線を落とす。空になった缶を手にして、またテーブルに戻した。何だか落ち着かない様子である。言いたいことがあるけれど、なかなか言い出せなくて迷っているふうだ。

(まだ何かあるのかな?)

とりあえず待っていると、ようやく決心がついたように彼女が居住まいを正す。

「あの……わたしは、典夫さんにこの先もアルバイトを続けてもらいたいんですけど、その前に確認したいことがあるんです」

「あ、はい。何でしょうか」

「前に、わたしがここで眠っていたとき……わたしに何かしませんでしたか?」

心臓が大きな音を立てる。胸の内で激しい嵐が吹き荒れたものの、典夫は悟られないように平静をキープした。

「いえ、おれは何も──」

「キスしましたよね」

食い気味に事実を指摘され、言葉に詰まる。事実だし、反論などできない。

(小百合さん、そのことを確認したくて、お酒を飲んだんだな)

素面《しらふ》ではとても訊けず、アルコールの力を借りたのだと察する。そのせいか、いつもの控え目な彼女ではなくなっていた。

「やっぱり……」

納得顔でうなずかれ、情けなさに苛《さいな》まれる。典夫は頭を垂れた。

(天然っぽいのに、そういうことには敏感なんだな、小百合さんは)

彼女のほどの美人なら、求婚は跡を絶たなかったはず。けれど、亡き夫に操《みさお》を立てるため、言い寄る男を避けてきたのではないか。

そうやってガードを固くしていたものだから、典夫にキスされたときも、起きてから唇の違和感に気がついたのだろう。

「典夫さんは若いし、眠っている女性を見てムラムラして、ああいうことをしたくなるのも無理ないのかもしれません。男のひとって、そういうところがあるから。だけど、それってやっぱりいけないことだし、ちゃんと自制してくれない困るんです。でないと、いっしょにお仕事ができないじゃないですか」

やはり酔っているようで、いつになく饒舌《じょうぜつ》だ。年上らしく諭す小百合に、典夫はモヤモヤした感情を募らせた。

自分が悪いのだと、もちろんわかっている。だが、ケモノじみた欲望に衝き動かされてのくちづけだなんて誤解されたくない。丸っきりコドモ扱いなのも、大いに不満だった。

「……おれはべつに、いい加減な気持ちでキスしたんじゃありません」

絞り出すように述べると、彼女が「え？」と怪訝な面持ちを見せる。

「だったらどうして？」

「小百合さんが好きだからです。初めて会ったときからずっと。だから、眠っている小百合さんを見たら想いを伝えたくなって、ついあんなことを」

思いがけず告白できたのは、追い詰められた結果であったのは否定できない。そればかりではなく、女性たちとの経験が、身も心も大人にしてくれたおかげもあったろう。典夫はもはや、へたれなだけの青年ではなかった。

「好きって――そ、そんな」

今度は未亡人がうろたえる番であった。焦りを浮かべ、目を落ち着かなく泳がせる。

「おれはキスだけじゃなく、それ以上のことだって小百合さんとしたいんです。もっと深い関係になりたいんです。大学を卒業したあともひびき湯で働いて、小百合さんとここで暮らしたいとも思ってます」

「……典夫さん」

「おれは、亡くなった旦那さんの代わりにはなれませんか？」

思い切って告げたとき、彼女の視線が茶箪笥へ向けられる。亡き夫とのツーショット写真を見たのだ。

「わたしは……でも――」

すぐには拒まず、迷いを浮かべる。これは脈ありだと、典夫は身を乗り出した。

「おれは小百合さんを必ず幸せにします。先に死んだりしません。ふたりで力を合わせて、ひびき湯を盛り立てていきましょう」

若さゆえの真っ直ぐさで、プロポーズまでやってのけた自分を、典夫は褒めてやりたかった。これならきっと受け入れてもらえると、確信も抱く。ところが、

「……無理だわ、そんなの」

泣きそうな顔で告げられたのは、期待とは真逆の返答だった。当然、承諾できるわけがない。

「どうしてなんですか⁉」

食い下がると、小百合はますます悲しそうな顔になった。

「だって、わたしは典夫さんより、十歳も年上なんですよ。いっしょになるなんて、無理に決まってます」

「愛に年の差なんて関係ありません」

「いいえ、関係あります。無理なものは無理なんです」

頑なな彼女に、典夫は焦れてきた。これでは埒が明かないと、最終手段に出る。

「だったら、どうして小百合さんは、おれにあんなことをしたんですか？」

「え？」

「最初の日、おれが浴場でのぼせて倒れたあと、おれの硬くなったチンポをしごいて射精させましたよね」

小百合の顔がみるみる蒼ざめる。彼女のほうも、気づかれていたとは夢にも思わなかったらしい。

「それから、口でもおれのを」

「やめてッ！」

両耳を手で塞ぎ、未亡人が金切り声をあげる。涙目で典夫を睨み、唇を歪めた。

あれは単なる悪戯でも、欲望に駆られての行為でもないと、もちろんわかっている。こんなところで蒸し返すべきではないことも。

それでも、彼女を自分のものにするためには、他に方法がなかったのだ。

無言の時間が流れる。小百合の手が耳から離れたのを見計らい、典夫は今後のための条件を口にした。

「おれに、小百合さんを抱かせてください」

「……」

「要するに、おれが年下の青二才だから、頼りないと思ってるんですよね。だから、一人前の男だってことを証明してみせます。必ず小百合さんを満足させます」

我ながら子供っぽい主張だと思わないではなかった。しかし、今の典夫には、それ以外に男を証明する手立てがなかったのである。

（そうさ。セックスでイカせられたら、小百合さんも考え直してくれるはずだ）

経験して日が浅いからこそ、そんな単純な思考に陥ったのかもしれない。唯花や亜紀子、萌美のためにも頑張らなければと、体験させてくれた女性たちに報いたい気持ちもあった。

「それって、わたしとセックスしたいってことですか？」

ストレートな言葉を口にされ、怯みかける。しかし、今さら逃げられない。

「そうです。小百合さんとセックスしたいんです」

「……わかりました」

小百合がうなずく。その眼差しはどこか冷めており、自暴自棄になっているようでもあった。恥ずかしい行いを暴露され、捨て鉢になったのだろうか。

また、できるものならやってみなさいと、突き放しているかにも感じられる。それゆえに、典夫はますます燃えあがった。

(必ずイカせてみせるからな)

そのときは、いよいよ好きなひとと結ばれるのだという喜びと幸せを、感じるゆとりがなかったのである。

2

隣の和室に蒲団が敷かれる。丁寧にシーツを整える小百合をぼんやりと見おろし、典夫は現実感を見失いそうになっていた。

（おれ、小百合さんとするんだ……）

ようやく実感がこみあげ、動悸が激しくなる。さっきまであった子供っぽい意気込みは、いつの間にか消えていた。

初めて入ったそこは、彼女が寝床に使用している部屋である。六畳で、茶の間と同じく物があまりない。箪笥の他にはカラーボックスと、小さなテレビぐらいだ。

箪笥の上には小さな仏壇があった。亡き夫の遺影もある。

小百合は枕をふたつ並べると、先にジーンズを脱いだ。典夫に背中を向けて。

ワイン色のパンティが包むヒップがあらわになる。レースで飾られた裾から、収まりきらないお肉がはみ出したセクシーな眺めに、典夫は唾を呑み込んだ。

視線を感じたのか、彼女がこちらを振り返る。

「……典夫さんも脱いで」

どこか思い詰めた面差しで言われ、うろたえ気味に「は、はい」と返事をする。操《あやつ》られるみたいにシャツとズボンを脱ぎ、ブリーフのみの格好になったときには、未亡人も下着姿になっていた。

ブラジャーは淡い水色。上下不揃いの下着は、日常的な生々しさがある。許されない行為に及ぶような背徳感もあった。

（……小百合さんは、旦那さんを亡くしてるんだ。不倫をするわけじゃないし、後ろ指をさされるようなことじゃない）

自らに言い聞かせ、典夫は思い切ってブリーフも脱いだ。逃げ出すんじゃないぞと、自らに発破《はっぱ》をかけるために。

「電気、消してもいい？」

小百合が訊ねる。できれば明かりの下で、じっくりと裸体を拝みたかったが、それは彼女には酷《こく》な気がした。

「かまいません」

返答すると、昔ながらの蛍光灯の紐が引っ張られる。さすがに真っ暗にはせず、常夜灯のオレンジの光のみが残された。

小百合はブラジャーをはずし、パンティも素早く脱ぐと、シーツに横たわった。どこも隠さず、行儀よく気をつけの姿勢になる。

薄明かりの中でも、未亡人の裸体は鮮烈な印象を与えた。仰向けでも綺麗に盛りあがった乳房とくびれたウエスト、それから、色気が匂い立つような豊かな腰回り。むっちりした太腿にも、成熟したエロチシズムが感じられる。

そこに至って、ようやく分身がふくらみ出す。緊張していたためか、そこは平常状態だったのだ。

「いいわよ。来て」

声をかけられ、典夫は彼女に添い寝した。

「小百合さん」

呼びかけても、何も答えない。視線は天井に向けられたままだ。感じさせられるものならやってみなさいと、無言のプレッシャーを与えられている気がした。

そのため、典夫も挑戦してやろうという心持ちになる。

（いいさ。そっちがその気なら――）

了解を求めることなく、いきなり唇を塞いだ。

その瞬間、裸身がピクッとわなないたものの、小百合は抵抗しなかった。あくまでも受け身に徹するつもりらしい。

拒まれないのをいいことに、典夫はぷにっとした唇を吸い、チロチロと舐めた。くすぐったかったのか、そこが緩むと舌を差し入れる。歯並びもしつこく辿ると硬い関門が開かれ、口内に侵入できた。

その時点で、重なったふたりの口許は、じっとりと濡れていた。

彼女の舌を探り、溜まっていた唾液を掬い取る。一方的なディープキスを交わしながら、典夫は手をふっくらした乳房に這わせた。

「むふっ」

小百合が鼻息をこぼす。柔肉をモミモミすると、肢体が切なげくねった。

(よし、感じてるぞ)

頂上の突起を摘まんで転がすと、反応が顕著になる。

「むっ、うう、ンふふぅ」

くちづけの隙間から、喘ぎがこぼれる。舌も抗うように蠢き、典夫のものに絡みついた。

(おれ、小百合さんとキスしてる——)

眠っているときにこっそり奪ったのとは異なる。情愛を交わす大人のキスだ。

昂りで全身が熱くなる。下半身も自己主張して、反り返った秘茎が下腹にへばりついた。

息が続かなくなって唇をはずすと、濡れた目が見つめてくる。焦点を失ったみたいにトロンとしていた。

「いけない子ね……」

もはや他人行儀な言葉遣いではない。つぶやく声音にも親しみが込められている気がした。なのに、

「好きです、小百合さん。愛してます」

真っ直ぐな告白に、彼女が視線を逸らす。まだ受け入れられないというのか。

典夫は小百合の手を取ると、硬くなった分身を握らせた。

「え――」

彼女が身を強ばらせる。けれど、それはほんの短い時間であった。

「こんなになって……」

筋張った筒肉に回した指に、ニギニギと強弱をつける。前にもさわったのであり、抵抗はないようだ。

「すごく気持ちいいです。小百合さんの手」

「こんなのがいいの？」

「だからあのとき、おれはすぐにイッちゃったんです」

牡の体液がほとばしった瞬間を思い出したのか、小百合が悩ましげに眉根を寄せる。手を動かし、強ばりきったものをゆるゆるとしごいた。

彼女にペニスを与えたまま、典夫はたわわな乳房に口をつけた。指の刺激で硬く尖

っていたものを唇で挟み、舌を戯《たわむ》れさせる。

「あ、あっ──」

艶めいた声が聞こえ、裸体が波打つ。三十歳のボディは、牡の愛撫に素直な反応を示した。

（けっこう感じやすいみたいだぞ）

結婚生活で夫にたっぷりと可愛がられ、肉体が歓びに目覚めたおかげなのか。浮かんだ推測を、典夫はすぐさま打ち消した。そんな過去はどうでもいい。

（ここにいるのは、おれと小百合さんだけなんだ）

旦那のことなんか忘れさせてやると、鼻息も荒く乳頭をねぶる。ピチャピチャと舌を躍らせ、お乳を欲しがる赤ん坊みたいに吸った。

同時に、もう一方も指で転がす。頃合いを見て、左右を交代させた。

「くうう、う、あっ」

小百合は懸命に声を抑えている様子だ。そのくせ、手にした剛棒を物欲しげに愛撫する。早くも迎え入れたくなっているのではないか。

（いや、まだだ）

秘苑が愛液でビショビショになるまで感じさせ、自分から挿入をせがませるのだ。

唾液にまみれたふたつの乳首は、薄明かりでも赤みを増したのがわかる。ツンと突き立った姿は、白いプリンに載ったイチゴのようだ。

次の段階へ進むべく、からだの位置を下げると、ペニスを握っていた手が外れる。ずっとしごかれ続けたら、爆発していたかもしれない。むしろそれでよかったのだ。

汗で湿ったおっぱいの谷間から鳩尾《みぞおち》に舌を這わせ、ほんのり垢じみた匂いをさせるヘソも舐めた。彼女のからだの、すべてが愛おしかった。

下半身に至ると、典夫はからだを起こし、閉じていた膝を離そうとした。

「うう」

小百合が呻き、脚を開くまいと踏ん張る。初めて示した抵抗だった。

(さすがに恥ずかしいんだな)

そのぐらい慎ましいほうが、むしろそそられる。ますます好きになった。

「力を抜いてください」

「でも……」

「ずるいですよ。小百合さんはおれのを見たのに、自分だけ見せないなんて」

またあのときのことを持ち出すと、彼女が泣きそうに顔を歪める。弱みを突かれては、従うより他なかったろう。

力の緩んだ下肢を、典夫は半ば強引に開かせた。

「ああ」

小百合が嘆き、両手で顔を覆う。ちょっと可哀想になったものの、後には引けない。膝を曲げてM字のかたちにさせてから、中心に屈み込んだ。

ふわ――。

酸味を含んだ媚香が漂う。営業時間中に交替で入浴したが、あとで掃除もしたし、トイレにも行ったらしい。オシッコの残り香も感じられる。

(これが小百合さんの匂い……)

本来のなまめかしいフレグランスに、感動を覚える。好きなひとの有りのままを知った喜びで、胸が震えた。

「そんなに見ないで」

嘆く声が聞こえる。だが、明かりが不足しているし、陰毛が影になって、秘園の佇まいは確認しづらかった。

(匂いはどうでもいいのかな?)

おそらく、恥ずかしいところを観察される恥ずかしさから、そっちにまで頭が回らないのだろう。それでも、典夫が了解も求めず口をつけ、恥割れに舌を差し入れたことで、ようやく思い至ったらしい。

「だ、ダメっ！」

太腿を閉じ、年下の男の頭を挟みつける。しかし、すでに手遅れだ。

「あ、あ、ああっ」

敏感な粘膜をねぶられて、シーツの上で熟れ腰をくねくねさせた。

「だ、ダメ、そこ……き、キタナイのぉ」

トイレで用を足したことも思い出したのか、ベソかき声で抗う。

典夫のほうは、飾らない風味に昂りこそすれ、不快感は微塵もなかった。匂いは汗と尿の成分が中心でもの足りないぐらいだったし、裂け目内の塩気も控え目だ。もっと荒々しいぐらいのほうがよかった。

だからと言って、クンニリングスをおざなりにするつもりはない。

小百合の抵抗がおとなしくなってから、舌を移動させる。余すことなくすべて味わうつもりで、花びらと大陰唇のあいだを辿った。

「くうう」

彼女がくすぐったそうに身を縮める。わずかな苦みがあったから、汚れが溜まりやすいところなのかもしれない。ペニスのくびれと同じく、外気に触れにくいところだけに。

両側のミゾを舌で清め終わると、花弁の狭間に蜜が溜まっていた。はっきりとした快感はなくても、刺激されることで分泌物が増えたらしい。粘っこいそれを舌に絡め取り、未亡人の両脚を畳んでヒップを上向きにさせた。

垂れた愛液が会陰《えいん》を濡らしている。滴った跡を舌で辿り、行きついた先の可憐なツボミ——アヌスも舐めた。

「ひっ」

小百合が息を吸い込むような声を洩らす。尚もチロチロと舌先でくすぐれば、「ダメッ」と悲鳴をあげて脚をのばした。

「そんなところ舐めないで。病気になるわよ」

洗ったあとでも、排泄口に口をつけられるのは抵抗があると見える。

おしりがシーツに落ち、舌が届かなくなったので秘肛は諦め、標的を変える。指で叢《くさむら》をかき分け、フード状の包皮をめくると、艶めく桃色真珠が現れた。

プン——。

香ばしい匂いがした。ペニスの包皮を剝いたときと、似たような匂いだ。

(ひょっとして、恥垢《ちこう》があるのか?)

明かりが不足しており、残念ながら目では確認できない。ただ、よく洗えてなかったのは確からしい。銭湯だと他人の目を気にして、陰部は疎《おろそ》かになりがちなのかもしれなかった。

だったら舐めて綺麗にしてあげようと、敏感な肉芽に吸いつく。

「あああぁ、あ、イヤッ」

小百合の声が一オクターブ高くなる。熟れ腰がビクビクと鋭敏な反応を示した。

「そ、そこダメなのぉ」

弱点であることを自ら吐露し、息づかいを荒くする。年下の男に付け入る隙を与えたことに、気がついていないらしい。

ならばと、もっとはしたない声をあげさせるべく、クリトリスを舌先でぴちぴちとはじいた。

「う、うっ、くううう」

洩れる声が苦しげなものに変わる。刺激が強すぎたのかと思えば、感じているのを悟られまいとしているらしい。

(そんなことをしても無駄なのに)

胸の内で苦笑し、秘核ねぶりを続ける。小百合のほうも頑なで、声を抑えて唸り続けた。

「あ──う、ううっ、むぅ」

呻き声が色めいた響きを帯びてくる。下腹のヒクつきもせわしなくなり、かなり高まっているのは明らかだ。

(これならイクかもしれないぞ)

いや、絶対にイカせるのだと発奮し、舌の根が痛むのもかまわず律動を続ける。それから二分とかからず、

「むふっ、ふっ、うっ、うっ」

熟れた女体が感電したみたいにわなないた。

(よし、イッたぞ)

反応はかなり抑制されたものだったが、間違いない。強ばって細かく痙攣したボディが、間もなくぐったりと力を失った。

「ふう、う──あふぅ」

あとは深い呼吸を繰り返すだけになる。

典夫は下半身を離れ、小百合に添い寝した。瞼を閉じ、半開きの唇から吐息をこぼす美貌を覗き込む。

「小百合さん、イキましたよね」

訊ねても、彼女は目をつぶったまま、何も答えなかった。だが、眉間に刻まれたシワに、悔しさがあらわれている。

（素直に認めればいいのに）

あきれていると、未亡人の手が動く。典夫の股間をまさぐり、剛直を握った。

「あ――くうう」

快感が体内に波紋を広げる。しごかれて、目の奥に火花が散った。

（あ、まずい）

かぐわしい秘苑をねぶり、女体の淫らな反応を目の当たりにする中で、典夫もかなり昂っていたのである。そのあいだ放っておかれた分身が、いきなり快い刺激を受けて、危ういところまで上昇してしまったのだ。

押し寄せる歓喜の波を、奥歯を嚙み締めて防ぐ。それに気がついたか、小百合が身を起こした。

（え？）

気圧されて仰向けになった典夫の、腰の横に膝をつく。身を屈め、手にした屹立の真上に顔を寄せた。

「ああっ」

張りつめた粘膜をひと舐めされ、たまらず声をあげる。それで終わりではなく、Oの字に開かれた唇の内側へと、肉棹が迎え入れられた。

「ううう、さ、小百合さん」

名前を呼ぶとチュッと吸われる。より強烈な悦びが、全神経を駆け巡った。

アルバイトの初日に、浴場でも施された口唇愛撫。まといついた舌がヌルヌルと動き、性感ポイントであるくびれを狙ってこする。

クンニリングスのお返しのつもりで、小百合はフェラチオを始めたのか。いや、熱のこもった舌づかいに、このまま頂上まで導かれそうな予感が生じた。

(おれもイカせるつもりなのか?)

それだけは避けねばならない。射精したら終わりだと思った。

仮に果ててしまっても、再勃起すればいいだけの話である。現に、これまで関係を持った女性たち相手にも、二度三度とほとばしらせた。最初に未亡人から導かれたときだって、手と口で二回出している。

けれど、それは相手の協力があってこそ可能だったのだ。

もしもフェラだけで爆発したら、小百合はセックスをせずに済まそうとするだろう。

ここまでまったく乗り気でなかったし、感じていても、乱れた姿を見せまいと懸命に堪えた。ひとえに、典夫に諦めさせるためだったのだ。

よって、もう一度勃《た》たせてほしいと願っても、自分でどうにかしなさいと突き放し、握ってさえくれないのではないか。それでは結ばれることは叶《かな》わない。

ここはどうにか我慢して、射精を回避する必要がある。典夫は身を起こし、うずくまる小百合の足首を摑んだ。

「おれも、小百合さんのを舐めたいです」

シックスナインに持ち込めば、どうにかなるはず。彼女の下半身を強引に抱き寄せ、無理やり自分の上に乗せた。

丸々とした熟れ尻が、顔面を圧迫する。跨がるまで抵抗していたわりに、遠慮なく重みをかけてきたのは、罰を与えるつもりだったのか。

とは言え、なめらかでもっちりした感触は、若い牡を昂らせるばかり。ご褒美にはなっても罰にはならない。

（ああ、小百合さんのおしり――）

初めて会った日、ジーンズのヒップに惹かれたのを思い出す。あの魅惑の豊臀が、顔と密着しているのだ。感動もひとしおであった。

しかしながら、喜んでばかりもいられない。顔面騎乗に昂り、性感曲線が右肩上がりとなる。このままでは遠からずほとばしらせてしまう。

(おれも小百合さんを感じさせないと)

オルガスムスに至って間もない女芯は、唾液と蜜汁が合わさり、淫靡な匂いを放つ。そこにまた口をつけ、典夫は抉るように舐めた。

「むふッ」

未亡人が鼻息をこぼし、陰嚢の縮れ毛をそよがせる。やはりクンニリングスには弱いようだ。臀裂がキュッとすぼまり、典夫の鼻面《はなづら》を強く挟み込んだ。

尻の谷間には、蒸れた匂いがこもっていた。生々しいフレグランスも好ましく、鼻の頭で秘肛をこすりながら、敏感な肉芽を舌で探す。

「むふうう、う――――」

クリトリスを攻められて、小百合が切なげに呻く。ようやく反撃の糸口が摑めたものの、同時に危機も迫っていた。

(あ、あ、まずい)

歓喜のトロミがせり上がる。これでは先にノックアウトされてしまう。

典夫は尻肉を両手で割り開いた。恥ずかしいツボミをあらわにし、そこを舌で攻撃する。

「ううう、むはっ」

アヌスを舐められて五秒と経たず、小百合は典夫の上から転がり落ちた。

「ど、どうしておしりの穴ばっかり舐めるのよ⁉」

身を起こし、涙目で睨んでくる。もちろん、フェラチオをやめさせるための緊急手段だったのだ。

「おれ、小百合さんとセックスしたいです」

典夫も起きあがり、望みをストレートに伝えた。もはや前戯に時間をかけてはいられない。

彼女は怯んだように身を堅くしたが、そういう約束だったのを思い出したらしい。仕方ないという顔で「わかったわ」とうなずいた。

仰向けで寝そべった小百合に、典夫は急いでからだを重ねた。

(いよいよ小百合さんとするんだ)

鼻息が荒くなっているのに気がつき、落ち着けと自らに命じる。昂奮しすぎだ、こんなことではすぐに終わってしまうぞと。

彼女は両膝を立てて開き、交わりやすい姿勢をとった。さらに、ふたりのあいだに手を入れて、握った牡根を導いてくれる。

「こ、ここよ」

そう言って、切っ先を秘肉の裂け目にこすりつける。しっかり潤滑してもらい、いよいよお膳立てが整った。

(小百合さんもしたくなってるんだな)

だからこんなに積極的なのだと、典夫は単純に考えていた。

「挿《い》れます」

気が逸るのを抑えきれず、腰を進める。肉槍の穂先が狭い入り口を押し開いた。

ぬぷり——。

急に抵抗がなくなり、亀頭がくびれまで熱い淵にもぐり込む。

「ううう」

すぼまった入り口が敏感な部位を締めつけ、典夫は堪えようもなく呻いた。

「ああん」

小百合も首を反らし、甘い声を洩らす。それに誘い込まれるように、残り部分を心地よい柔穴へ埋没させた。

(……おれ、小百合さんとひとつになってる!)

ふたりの肌が重なり、ペニス全体に濡れ肉がまといついている。ようやく結ばれたのだ。

「さ、小百合さん」

感激をあらわに呼びかけると、彼女が閉じていた瞼を開いた。

「……典夫さんのが、わたしの中に入ってるわ」

「はい」

「ねえ、わたしを感じさせてくれるんじゃなかったの？」

やけに色っぽい眼差しで言われ、そうだったと思い出した。

「わかりました」

典夫はそろそろと腰を引いた。くびれまで後退した分身を、勢いよく膣内に戻す。

「あふっ」

小百合がのけ反って喘ぐ。セックスでもちゃんと感じさせているのだ。もっといやらしい声が聞きたくて、典夫は無我夢中で腰を振った。

（うう、気持ちいい）

未亡人の中は、媚肉が柔らかく蕩けていた。抽送するとヒダが掘り起こされ、くびれの段差を心地よく刺激してくれる。

おまけに、かなり熱い。それが彼女の熱情そのもののように感じられ、嬉しくてピストン運動がせわしなくなる。

「あ、あ、あ、あん」

聞こえる喘ぎ声が、どこか単調なのも気にならなかった。

「小百合さん、おれ、すごくいいです」

感激を口にして、ハッハッと息をはずませる。歓喜の頂上が目の前に迫っていた。

「ううっ、も、もう――」

青年の限界を察したか、小百合が両脚を掲げ、典夫の腰に絡みつけた。

「いいわよ。このまま出しなさい」

「あああ、さ、小百合さん」

女体の上でからだがはずむ。オルガスムスの波に巻かれて、意識が飛びかけた。

「う、う、出る」

呻いて、ザーメンをしぶかせる。ドクッ、ドクッと、濃厚なものを愛しいひとの膣奥へと注ぎ込んだ。

（最高だ……）

小百合にからだをあずけ、うっとりする快感にひたりながら、幸福を噛み締める。

これで彼女と一生を共にできるのだと、典夫は信じて疑わなかった。

次の言葉を聞くまでは。

「……あしたから、もう来なくていいわ」

耳元で囁かれ、瞬時に現実へ引き戻される。

「え？」

「こんな関係になっちゃったら、もう、いっしょに働けないもの」

突き放す口調に、約束が違うと反論しかける。ところが、

「わたしを感じさせるとか言って、自分だけ先にイッちゃうし」

失態を指摘され、言葉を失う。そのとき、これは小百合の仕組んだ罠だと悟った。

（おれを先にイカせるために、フェラチオをしたんだな）

セックスでも感じないよう、我慢していたに違いない。約束を遂げられず引き下がるしかない状況に、典夫を追い込んだのである。

どうしてそこまでして拒むのだろう。自分のどこがいけないのかと、悔しさと悲しみがこみあげた。

（おれはこんなに好きなのに――）

やり切れない思いが、怒りに取って代わる。それが性衝動に直結し、萎えかけたペ

ニスが力を漲らせた。

「え？」

体内の脈打ちを感じたか、小百合が驚きを浮かべる。

（好きなんだ、小百合さん）

届かない想いを、典夫は彼女の体内へ直接ぶつけた。

「あふっ」

膣奥を突かれ、未亡人がのけ反って喘ぐ。油断していたところを攻められ、抵抗するタイミングを逸したようだ。

（くそっ、くそっ）

典夫は全身全霊を込めて腰を振った。

「あ、あ、あ、ダメっ、やめてッ」

悲鳴に近い呼びかけも無視して、強ばりきった分身を出し挿れする。

闇雲に抽送していたわけではない。人妻の亜紀子に教わった腰づかいを思い出し、感じるポイントと角度を探して女芯を抉った。

「きゃふぅうううっ！」

小百合が甲高い嬌声をほとばしらせる。弱いところを突かれたのだ。

「ふんっ、ふんっ」

典夫は太い鼻息を吹きこぼし、熟れたボディに快楽の責めを与えた。彼女が「イヤイヤ」と髪を乱して悶えると、うるさい口を唇で塞ぐ。

「むうっ、ううっ、むふふふふぅ」

くぐもったよがり声を押し退《の》けて、舌を深く絡める。上も下も深く交わることで、甘い痺れが全身を包み込んだ。

「ぷはッ」

小百合がくちづけをほどく。目が潤み、頬が赤く染まっていた。これまでになく色っぽい顔を見せている。

「ね、許して、お願い……」

呼吸がせわしなくはずんでいる。イキそうなのだ。

「駄目です」

冷徹に告げて、ピストンの振れ幅を大きくする。成熟したボディが歓喜にまみれ、大きく波打った。

「イヤイヤ、い、イッちゃう、イッちゃう。イクイクイクぅ」

あられもない声を張りあげ、未亡人が昇りつめる。夫の遺影が見つめる前で、汗ばんだ裸身をガクガクと震わせた。

典夫は硬いままであった。絶頂で締めつけが著しい蜜穴を、そのまま穿《うが》ち続ける。

「──え？　あ、あああっ！」

絶頂後の肉体を休みなく責め苛まれ、小百合は「ダメッ、ダメッ」と身悶えた。

「イッたの。わたし、イッたのぉ」

そんなことはわかっている。胸の内で返答し、力強いブロウを繰り出す。彼女が二度目のアクメを迎えたあとも、典夫は無言で腰を振った。

「ダメダメ、も、死んじゃう、おかしくなるぅうう」

過呼吸みたいに喉を鳴らす未亡人は、蕩けた面差しが妖艶だ。膣内では中出しされた精液が泡立ち、結合部から漂う男女の淫靡な匂いは、典夫の鼻にも届いていた。

そして、彼女が三度目の頂上を迎えたところで、快美の波が押し寄せる。

「おおお、さ、小百合さんっ」

めくるめく瞬間が訪れ、頭の中が真っ白になる。腰がぎくしゃくと跳ね躍った。

「イクッ、またイクッ」

すすり泣いて絶頂する小百合の奥へ、情愛の滾りを注ぎ込む。

「あ、あああ、イクッ、イクイク、うっ──はあああっ！」

痙攣する女体を強く抱きしめ、典夫は最後の雫をドクンと放った。

3

ひびき湯のアルバイトをやめて、一ヵ月が過ぎた。

ただ風呂に入るだけならかまうまいと、足が何度も向きかけた。けれど、小百合と顔を合わせづらいし、向こうも気まずいだけだろう。

結局、少し遠い銭湯に通っている。

『——どうしても駄目なんですか？』

あの日、オルガスムスの余韻の中、典夫は彼女に問いかけた。しかし、返ってきたのは『ごめんなさい』という返答だった。

『これだけはわかって。典夫さんが嫌いなわけじゃないの。ただ——』

言いかけて口を閉じた小百合は、また『ごめんね』と謝った。典夫は打ちひしがれた気分で、彼女の前から去った。

今日は休日。典夫は久しぶりに都心に出ていた。特に目的があったわけではない。部屋の中でくすぶっているのが耐えられなかったのだ。

雑踏の中を歩きながら、今になってなんとなく理解する。彼女が何を言おうとしたのかを。

(小百合さん、まだ旦那さんを忘れてないんだよな……)

二年も経ったのにどうしてという思いはある。けれど、小百合はどんなにつらくても、ひびき湯を守ろうとした。あれは亡き夫を愛するがゆえだったのだ。

そんな彼女の気持ちを、自分は少しも理解してあげられなかった。拒まれるのは当然と言えよう。

(要するに、おれはまだガキだったんだよな)

セックスを経験して、いっぱしの男になったつもりでいた。だが、中身はそれほど変わっていなかったのだ。

それがわかっただけでも、いくらかマシになれたのではなかろうか。

先日、典夫は大学で萌美を見かけた。彼女は見知らぬ男と一緒だった。あとで、ミスキャンパスに彼氏ができたという噂も聞いた。

もしかしたらロストバージンをしたことで、好きな男に告白する勇気が湧いたのだろうか。そうだったらいいなと、典夫は萌美の幸せを願った。

(……だけど、おれはいつまでひとりなんだろう)

そんなことを考えて、ひと混みの中で孤独を募らせていたとき、

「え、典夫君？」

名前を呼ばれてドキッとする。いつの間にか、目の前にひとりの女性がいた。

「あ——真理恵先輩」

高校時代、ずっと好きだったひと。制服と剣道着姿しか知らなかった彼女が、カジュアルなシャツとフレアパンツを着こなしていた。

「典夫君も東京にいたんだね」

「あ、はい。先輩は？」

「短大を出て、こっちで就職したの。まだ都会の生活に慣れなくって」

はにかんだ彼女は、あの頃と少しも変わっていない。爽やかな笑顔が眩《まぶ》しい。

「だけど、よかった。知っているひとがいて。またあの頃みたいに仲良くしようね」

親しみを込めた言葉に、胸がはずむ。恋の予感と暖かな風が、ふたりを包み込んでいた。


（了）

＊本作品はフィクションです。作品内の人名、地名、団体名等は実在のものとは関係ありません。

長編小説

なまめき未亡人銭湯《みぼうじんせんとう》

橘《たちばな》 真児《しんじ》

2023年2月6日　初版第一刷発行

ブックデザイン……………………… 橋元浩明(sowhat.Inc.)

発行人……………………………………… 後藤明信
発行所…………………………………… 株式会社竹書房
〒102-0075　東京都千代田区三番町8－1
三番町東急ビル6F
email：info@takeshobo.co.jp
http://www.takeshobo.co.jp
印刷・製本………………………… 中央精版印刷株式会社